AYFER TUNÇ

KURU KIZ

Can Çağdaş

Kuru Kız, Ayfer Tunç

1. basım: 2023
3. basım: Eylül 2023, İstanbul
Bu kitabın 3. baskısı 20 000 adet yapılmıştır.

Dizi editörü: Mustafa Çevikdoğan
Düzelti: Aylin Samancı Elmasdağ
Mizanpaj: Bahar Kuru Yerek

Sanat yönetmeni ve kapak tasarımı: Utku Lomlu / Lom Creative (www.lom.com.tr)

Baskı ve cilt: Vizyon Basımevi Kağıtçılık Matbaacılık ve Yayıncılık
San. Tic. Ltd. Şti.
Beylikdüzü O.S.B Mah. Orkide Cad. No: 1/Z Beylikdüzü-İstanbul
Sertifika No: 52098

ISBN 978-975-07-6009-9

CAN SANAT YAYINLARI
YAPIM VE DAĞITIM TİCARET VE SANAYİ A.Ş.
Maslak Mah. Eski Büyükdere Cad. İz Plaza Giz, No: 9/25, Sarıyer / İstanbul
Telefon: (0212) 252 56 75 / 252 59 88 / 252 59 89 Faks: (0212) 252 72 33
canyayinlari.com
yayinevi@canyayinlari.com
Sertifika No: 43514

AYFER TUNÇ

KURU KIZ

ROMAN

can

Ayfer Tunç'un Can Yayınları'ndaki diğer kitapları:

Bir Mâniniz Yoksa Annemler Size Gelecek, 2005
Kapak Kızı, 2005
Evvelotel-Saklı, 2006
Aziz Bey Hadisesi, 2006
Mağara Arkadaşları, 2006
"Ömür Diyorlar Buna", 2007
Bir Deliler Evinin Yalan Yanlış Anlatılan Kısa Tarihi, 2009
Yeşil Peri Gecesi, 2010
Suzan Defter, 2011
Dünya Ağrısı, 2014
Kırmızı Azap, 2014
Ayfer Tunç'la Karanlıkta Kelimeler (Handan İnci'yle birlikte), 2014
Âşıklar Delidir ya da Yazı Tura, 2018
Osman, 2020
Diyaloglar (Murat Gülsoy'la birlikte), 2022

AYFER TUNÇ, 1964'te Adapazarı'nda doğdu. Erenköy Kız Lisesi'ni ve İstanbul Üniversitesi Siyasal Bilgiler Fakültesi'ni bitirdi. İlk öykü kitabı 1989'da yayımlanan *Saklı*'dır. Yazar bu kitabını daha sonra *Evvelotel* adlı öykü kitabıyla birleştirerek *Evvelotel-Saklı* adıyla yayımladı. Diğer öykü kitapları *Mağara Arkadaşları, Aziz Bey Hadisesi* ve *Taş-Kâğıt-Makas*'tır. *Taş-Kâğıt-Makas*'ın içinde yer alan kısa romanı *Suzan Defter*'i 2013'te; *Aziz Bey Hadisesi*'ndeki kitaba adını veren eseri 2014'te bağımsız olarak yayımladı. Bu iki kitapta yer alan diğer kısa öyküleri *Kırmızı Azap* ismiyle kitaplaştırdı. Sait Faik'in öykülerinden hareketle TRT için yazdığı *Havada Bulut* adlı senaryosu 2002'de, Orhan Kemal'in aynı adlı romanından uyarladığı *72. Koğuş* adlı senaryosu 2010'da çekildi. Mezun olduğu Erenköy Kız Lisesi'nin kütüphanesine 3 Aralık 2021'de Ayfer Tunç'un adı verildi ancak Mayıs 2022'de hiçbir gerekçe gösterilmeden kaldırıldı ve yerine Erenköy Kız Lisesi mezunu olmayan bir yazarın adı konuldu. Ayfer Tunç'un *Kapak Kızı* (1992), *Bir Deliler Evinin Yalan Yanlış Anlatılan Kısa Tarihi* (2009), *Yeşil Peri Gecesi* (2010), *Dünya Ağrısı* (2014), *Âşıklar Delidir ya da Yazı Tura* (2018), *Osman* (2020) ve *Kuru Kız* (2023) adlı romanlarının yanı sıra *Memleket Hikâyeleri* (İletişim Yayınları, 2012) adlı anı-öykü kitabı, *Bir Mâniniz Yoksa Annemler Size Gelecek* (2001), "*Ömür Diyorlar Buna*" (2007) adlı yaşantı kitapları, Oya Ayman'la birlikte yazdığı *İkiyüzlü Cinsellik* (1994) adlı bir inceleme kitabı, Murat Gülsoy'la birlikte dünya edebiyatı üzerine sohbetlerinden oluşan *Diyaloglar* (2022) kitabı ve *Harflere Bölünmüş Zaman* adlı bir e-kitabı vardır.

DÜNYANIN SONUNA GİTTİKTEN SONRA

HONDURAS
Tegusigalpa
NİKARAGUA
Managua
San José
KOSTA RİKA
Panama City
PANAMA
BARBADOS
TRINIDAD AND TOBAGO
Maracaibo
Caracas
Valencia
Barquisimeto
Barcelona
San Cristóbal
Cúcuta
Ciudad Guayana
VENEZUELA
Bucaramanga
Georgetown
Paramaribo
Cayenne
GUYANA
SURİNAM
FRANSIZ GUYANASI
Medellín
Pereira
Bogotá
Ibagué
KOLOMBİYA
Cali
Boa Vista
Macapá
Quito
EKVADOR
Guayaquil
Cuenca
Manaus
Santarém
Belém
Iquitos
Piura
Teresina
Pucallpa
Rio Branco
Pôrto Velho
Huánuco
PERU
BREZİLYA
Huancayo
Lima
Cusco
Ica
Trinidad
La Paz
BOLİVYA
Arequipa
Cuiabá
Goiânia
Brasília
Cochabamba
Santa Cruz
Sucre
Potosí
Contagem
Uberlândia
Belo Horizonte
Campo Grande
Vitória
PARAGUAY
Londrina
Campinas
Asunción
São Paulo
Rio de Janeiro
Salta
Ciudad del Este
Curitiba
San Miguel de Tucumán
Joinvile
Resistencia
ŞİLİ
Porto Alegre
Córdoba
Santa Fe
Salto
URUGUAY
Mendoza
Rosario
Santiago
Buenos Aires
La Plata
Montevideo
ARJANTİN
Bahía Blanca
San Carlos de Bariloche
Punta Arenas
USHUAIA

Dünyanın sonundaki şehir

Ushuaia, Arjantin'in Tierra Del Fuego – Ateş Toprakları eyaletinin başkentidir. Dünyanın sonundaki şehirdir. Ushuaia'nın güneyinde sadece askerî üslerde insan varlığı bulunur. Antarktika'ya yakınlığı nedeniyle iklimi bir hayli serttir. 2013 sayımına göre nüfusu 60 bin olan Ushuaia'da bugün 70 bin kişinin yaşadığı tahmin edilmektedir. Son yıllarda turizmin gözde yerlerinden biri haline gelen şehirde, Dünyanın Sonu Müzesi, Dünyanın Sonu Deniz Feneri, Dünyanın Sonu Postanesi ve Dünyanın Sonu adını taşıyan pek çok otel, motel, restoran, kafe gibi çeşitli işletmeler bulunur. Antarktika yolculuklarının çıkış noktasıdır. Denizaslanlarının, boyunları ve gagaları turuncu lekeli kral penguenlerin, balina ve albatrosların görülebileceği rotalar da bu bölgededir. Ushuaia'da isteyenlerin pasaportlarına "*Fin Del Mundo* – Dünyanın Sonu" damgası vurulur. Kimi turistler buna beş peso kimileri de on beş dolar ödediklerini söylerler. İkisi de doğrudur, damganın gerçek fiyatı belirsizdir.

Dünya bir şaka olmalıdır ayrıca.

Dünyanın sonundan sonrası buzullar

Dünyanın sonunda durmuş, parlak beyazlığı gözlerini alan buzullara bakıyor ve her sonun bir başlangıç olduğunu düşünüyor.

Geride bıraktığı kırk yılın bütün acılarına rağmen şanslı olduğunu da.

Hayatını tersten yaşama ihtimali önünde duruyor şimdi.

Bu ihtimali heba etmemeye kararlı.

Bugüne kadar hayatını bir de tersten yaşama şansı bulamadıysa bu onun suçu değil. Hayat karşısına herhangi bir fırsat çıkarmadı, aksine her dönemeçte elini ayağını bağladı, sürekli sırtına yük yükledi, onu olduğu yere mıhladı.

Şimdi dünyanın sonuna gelmiş olması da ona sunulmuş bir armağan sayılmaz, hayat yine bir fırsat sunmadı, bağlarını inatla ve cesaretle çözen kendisi oldu.

Kırk yaşına girmesine birkaç ay kala, 02.02.2020 Pazar günü İstanbul Havalimanı'ndan Buenos Aires'e kalkan uçağa bindi.

Uçak 20.20'de havalansa ne güzel olurdu.

Ama o kadar da değildi, hayat o kadar da şakacı değildi.

Uçak sabah 10.40'ta kalktı, otuz beş dakikalık bir rötarla.

Buraya kadarki kısmından endişe etmiyordu, asıl korktuğu sonrasıydı, Buenos Aires'ten Ushuaia'ya gitmek, yine uçakla. Ama hiç de korktuğu gibi olmadı. Yine uçağa bindi, dört buçuk saat sonra indi. Akşam olmak üzereydi. Bir taksiye atlayıp internetten rezervasyon yaptırdığı pansiyona gitti.

Rezervasyonum var dedi İngilizce.

Pansiyonu altmış yaşlarında, kıkır kıkır gülen çok tatlı bir kadın işletiyordu. İngilizce bilmiyordu ama ne dediğini anladı, İspanyolca bir şeyler söyleyerek bir kâğıt imzalattı, odasının anahtarını verdi.

O akşam kadına nerede ne yiyebileceğini sormak için sesli çeviri aplikasyonunu kullandı, kadının çok hoşuna gitti, aplikasyon aracılığıyla epeyce konuştular, kadın kendisinin de istediğini söyleyince ona da indirdi bu aplikasyondan. Böylece arkadaş oldular, hemen o akşam. Pansiyona gelen turistler seninle anlaşamıyoruz diye kaçıp gitmedikleri için kadın her kullanışında ona teşekkür ediyor.

Geleli neredeyse iki yıl oldu. Aplikasyona gerek duymuyor artık, akıcı bir İspanyolca konuşmaya başladı. Şaka bile yapabiliyor.

Pandemi

Aslında çok şakacıydı hayat, inanması güç denecek kadar şakacıydı.

Ama herkes için değildi.

Ushuaia'dan sonra gidecek yeni bir yer, yaşanacak yeni bir hayat bulması gerekeceğini düşünüyordu ki pandemi patladı.

Dünyada bütün sınırlar kapandı.

Dünyada bütün okullar ve işyerleri kapandı.

Dünyada bütün restoranlar, kafeler, barlar, sinemalar, tiyatrolar, konser salonları, kulüpler, eğlence yerleri, her yer, her şey kapandı.

BÜTÜN DÜNYADA.

21. YÜZYILDA.

Düşünüyor düşünüyor aklı almıyor bunu, dünyadaki herkes gibi.

Bütün ağızlar burunlar kapandı.

O da kaldığı pansiyona kapandı.

Korkunç bir zaman yaşanıyordu. İnsanlar ölüyordu, hastanelik oluyorlar, makineye bağlanıyorlar, işsiz kalıyorlar, parasızlık ve açlık çekiyorlar, öfkeleniyorlar, depresyona giriyorlardı. İnsanlık büyük bir kayıp yaşıyordu, can mal ve ruh kaybı.

Ama hayat ona ilk kez iyi davranmıştı.

Pandemiyi çok iyi geçirdi, hastalanmadan ve pansiyoncu kadınla iyice yakınlaşarak. Bütün dünyada moda olan ekmek yapma modasına onlar da katıldılar. Kadın dev gibi kabarmış mayalı ekmekler pişirdi. O da internetten tarifine bakıp lavaş yaptı. Ekmek konusunda pek puan aldığı söylenemez ama kadına yoğurt mayalamayı öğretmesi kalbini kazanmasına yetti.

Kadın çok tuttu bu yoğurt mayalama işini, oda-kahvaltı kalan müşterilerine mayaladığı yoğurttan ikram ediyor.

Turistler, *ooo Grek yogurt* diyorlar.

No no diyor kadın, *yogur turco*.

Onu gösteriyor, Türk olduğunu, yoğurt mayalamayı ondan öğrendiğini söylüyor.

Güney Kutbu'nun yakınlarında çok sıcak bir yer

Kolay kolay bir yere gidemeyeceği ve bir süre sonra burada yaşamaya parasının yetmeyeceği anlaşılınca pansiyoncu kadın, kız kardeşinin lokantasında iş buldu ona. Lokantacı kız kardeş de ablası kadar tatlı. Onu fazlaca çalıştırmak istiyor, biraz da cimri ama şikâyetçi değil bundan. Çalışmayı seviyor. Kardeşiyle yaşarken yaptığı şeyleri yapıyor hatta daha da azını ve karşılığında para alıyor. Daha ne? Kadının boyu kısa olduğu için onun uzun boyu çok işe yarıyor. Üst raflardan tabak çanağı hep o alıyor.

Kız kardeşler bazen büyük kavgalar ediyorlar, hatta yabancılarla kapıştıkları, karakolluk oldukları bile oluyor. *Estacion de policia* diyorlar karakola, polis istasyonu. Çok tuhaf geliyor ona. İstasyon deyince sadece trenleri anlıyor çünkü, kendi şehrindeki tren istasyonunu.

Kendi ülkesindeki insanlar korkunç, buradakiler de harika değiller ama daha az kötücüller, en azından ona karşı.

Tanrısı insan denen varlığın dünyanın her yerinde ve her zaman aynı özü taşıdığını, uygarlığın bu kötücül özü bir parça dizginlemeye yaradığını söylüyor.

İnsan bu. İyi olması da kötü olması da kendi özüne

ve içinde bulunduğu şartlara bağlı. Şartlar kötüleştikçe kötülük de artıyor. İnsanoğlu dayanışmayı içselleştiremiyor bir türlü.

Kız kardeşlerin ikisi de çok şişman, çok yiyorlar çünkü, bayılıyorlar yemek yemeye. Saatlerce sofradan kalkmıyorlar, bol bol şarap içip konuşuyorlar, ona da ikram ediyorlar.

Türk yemekleri pişiriyor onlara.

Bir keresinde kuru fasulye pişirdi, sevmiş gibi yaptılar ama çok ilginç bulmadıklarını yüzlerinden anladı, onlar da benzer şekilde yapıyorlar çünkü fasulyeyi. Ama mantısını çok sevdiler, etli yaprak sarmasına ve hamsiye benzeyen tuhaf bir balıkla yaptığı uydurma hamsili pilava bayıldılar. Patlıcan biraz pahalı. Olmasa her gün hünkârbeğendi de yapabilir, beğendisini o kadar çok seviyorlar.

Babasından kalan emekli maaşı her ay hesabına yatıyor. Cep şubesinde dolara çevirip çekiyor. Hiçbir şey tutmuyor tabii ki dolara çevirince ama pansiyonun kirasını ayın ilk günü ödemesini sağlıyor.

Pansiyoncu kadın, çok dürüst bir kadınsın sen diyor, İspanyolca, sık sık ona saygı duyduğunu söylüyor.

İspanyolcayı konuşup dinleyerek öğrendiği için yazamıyor, o kısa eğik çizgiler hangi o'nun hangi i'nin üstüne konuyor, bilemiyor, umursamıyor da. N'nin üstündeki dalgalı işareti biliyor bir tek. *Baño* diye yazılıyor, banyo diye okunuyor mesela.

İspanyolcayı anlamak delice mutlu ediyor onu, kendini tam bir insan, eksiksiz bir insan, boyu kilosu normal, eli yüzü düzgün bir kadın gibi hissediyor.

Anlayınca insan bütün dünyayı sevebiliyor diye düşünüyor.

Miguel

Bu iki tatlı kız kardeşin bir de erkek kardeşleri var, Miguel. Yosun gibi yeşil, pırıl pırıl gözleri olan, çok neşeli bir balıkçı. O da kilolu, obez hatta, merdiven çıktığı zaman nefes nefese kalıyor, sonra da litrelik birayı kafasına dikip bitiriyor.

Çok da sigara içiyor.

Bence sigarayı bırakman gerek diyor Miguel'e. İspanyolca söylüyor bunu. *Creo que deberías dejar de fumar* diyor.

Gülüyor Miguel, senin için bırakırım diyor.

Sözde o da sigara içecekti artık, kardeşinin Parliament'ini atmamıştı. İlkini sevmişti, sonra zar zor iki tane içebildi, paket öylece kaldı.

Miguel teknesiyle balığa çıkıyor, birkaç günü bazen bir haftayı okyanusta geçiriyor. Döndüğü gün çok ciddi oluyor, şaka yapmıyor hiç. Balık para edecek mi endişesi taşıyor çünkü ya da diğer balıkçılarla okyanusta büyük bir tehlike atlatmış oluyorlar.

Çabuk neşeleniyor neyse ki. Balığı çok para etmese de satılıyor, yine kah kah gülmeye, komik hikâyeler anlatmaya başlıyor.

Miguel onunla evlenmek istiyor.

Me gustas mucho bebe, casate conmigo diyor.

Senden çok hoşlanıyorum bebeğim, evlen benimle.

Gülüyor Miguel'e. Miguel onu her gün en az bir kere güldürüyor.

Geride bıraktığı yillar boyunca güldüklerinin bin katını burada iki yıl olmadan güldü.

Miguel ciddi olduğunu söyledi bir gün. Pandemi yasaklarının hafiflediği, Ushuaia'lı arkadaşlarıyla lokantada yiyip içip eğlendikleri bir gece. Miguel'in doğum günüydü, elli yedi yaşına girmişti. Lokantacı ablası pasta yaptı, beş tam mum koydu, birini nasıl keseceği pansiyoncu ablasıyla arasında sorun oldu. Sonunda mezura getirip mumu ölçtüler, onda yedisini işaretleyip oradan kestiler.

Herkes dans ediyordu. Miguel elinden tutup piste sürükledi onu, şarap kokan soluğu boynuna vuruyordu. Ellerini belinde hissettiği an heyecandan ölecekti.

Dans etti. Hayatında ilk kez.

Miguel seninle gerçekten evlenmek istiyorum dedi. Parlak yeşil gözleri nasıl güzel bakıyordu. Bulutların üstüne çıktı sevinçten.

Miguel ona *mujer alta* diyor, uzun kadın.

Ama çok zayıfım diyor Miguel'e.

Ne olmuş, ben de çok şişmanım diyor Miguel, sarılıyor.

Miguel'in kucağında kayboluyor.

Pasta yiyorlar birlikte, çikolatalı, orman meyveli, krokanlı.

Miguel'le pasta yemek nasıl güzel bir mutluluk.

Ona *tu tambien me gustas bebe* deme cesaretini henüz bulamadı.

Bir gün diyecek, ben de senden hoşlanıyorum bebeğim diyecek.

Gülünce dişleri ışıldayan bu adamla evlenecek belki de.

Dünyanın sonundan sonrası buzullar.

DÜNYANIN SONUNA GİTMEDEN ÖNCE

Kardeş

Kardeşinin haberini aldıktan sonra oturma odasını boyadı. Boyası yetseydi onun odasını da boyayacaktı. Yetmedi. Sadece karyolasının dayandığı duvara birkaç fırça sürebildi, gerisi öylece kaldı.

Eskiden babası yatardı bu karyolada, ölmeden önce annesiyle babası birlikte yatarlardı.

Kahvaltı

Babası bir temmuz sabahı ölmüştü. Çok sıcak bir günde ve hiç beklemediği bir anda.

Aslında bekliyordu da o sabah beklemiyordu. Sabaha karşı çişe götürmek için kaldırıp tekerlekli sandalyeye oturmasına yardım ederken yine başlamıştı babası, hiç ölmeyecek miyim ben diye ağlamaya.

İki buçuk-üç saat sonra da sessizce ölmüştü.

Banyoda babasının rengi kaçmış, iltihaplı gözlerine bakarken ölmeyi birkaç kez olan bir şey mi sanıyor acaba diye düşünmüştü. Aklı gitti diye acımıştı ama hemen sonra duraksamıştı. Belki de yanılmıyordu babası.

Ölmek birkaç kez olan bir şey olabilirdi.

İnsan bir kere ölmeden bunu bilemezdi ki.

Annesinin ve babasının ölümünün üstünden çok yıl geçti.

Saymayı anlamlı bulmadığı kadar çok yıl.

Mutfak masasındaki kahvaltılıklara vuran sabah güneşi margarini iyice yumuşatmıştı. Buzdolapları çok eskimişti, fazla soğutuyordu, margarini bile kaskatı donduruyordu. Her sabah yumuşasın diye yağ kabını güneşe koyuyordu, kışın sobanın yanına.

Sonra çayı demliyor, fırından ekmek alıp geliyor, kahvaltıyı hazırlayıp kardeşini uyandırıyordu. Fırın, geceliğinin üstüne bir hırka geçirip gidebileceği kadar yakın değildi, giyinmesi gerekiyordu. Yazın neyse de kışın eziyetti bereden çoraba kadar giyinmek.

Akşam ekmeğini kardeşi gelirken getiriyordu.

Hiç ekmek artmazdı evlerinde. Kardeşi ekmeği bitirmeden sofradan kalkmazdı çünkü. Ekmekler de iyice küçülmüştü zaten.

Oturdukları sokakta eskiden bir bakkal vardı, iki dakikada gider gelirdi. Birkaç yıl önce ölünce dükkân kapandı. Durduğu yerde ölmüştü bakkal, ölecek kadar yaşlı da değildi. Pirinç tartarken sallanmış, tutunayım derken tartıyla birlikte yere yuvarlanmıştı.

Mahalleli tartı kafasına düştüğü için mi yoksa kalp krizinden mi öldüğü konusunda anlaşamadı bir türlü. İlki daha iyi bir hikâyeydi, anlatılasıydı. Öyle ölmüş olması mümkündü. Eski ibreli tartılardandı, bayağı ağırdı, öldürebilirdi yani. Ama yine de kalp krizi daha akla yakın bir nedendi.

Tam da o günlerde internette *Kahraman Bakkal Süpermarkete Karşı*'yı seyretmişti, yeni bakkal açılmaz diye düşünmüştü, haklı çıktı. Bakkalın yerinde boya-badana-tadilat işleri yapan bir adam dükkân açtı. İşini iyi kötü yürütüyordu, camında yazılı listeye arada bir yeni bir şey ekliyordu. Hidrofor takılır. Duşakabin takılır. Mutfak yapılır. "Pergule" yapılır.

Yanındaki emlakçının camındaki ilanlardan birinde de "ebebeyin" banyolu yazıyordu. Çok gülüyordu buna. İçinden. Dışından gülmezdi.

Kardeşi kahvaltıda sadece yağlı reçelli ekmek yerdi. Balı reçelden daha çok severdi aslında ama hakiki bal çok pahalıydı.

Çok da yerdi kardeşi, bir oturuşta koca bir kâse reçeli bitirmeden kalkmadığı için sürekli reçel kaynatması gerekiyordu. Çilek çıktı çilek reçeli, vişne geçmeden vişne reçeli, tam zamanı kayısı reçeli. Mevsimleri reçel üzerinden takip ediyordu adeta. Yaz geldi şeftali reçeli, sonbaharda ayva reçeli, kışın portakal reçeli.

Reçel kaynattığı günler ev mis gibi kokuyordu, çok seviyordu bu kokuyu. Reçel kokusu güzeldi, baygındı, odalara çöküyordu, gün boyu gitmiyor, ona belli belirsiz bir mutluluk veriyordu. Mutluluk denemezdi belki, sakin bir neşe, tatlı bir huzur demek daha doğru.

Kırk yılda bir bal aldıkları olurdu. Ellerine fazladan para geçmişse, bayram ikramiyesi yatmışsa mesela. Bazen kardeşi ekstra işe giderdi, elleri bayağı bir bollaşırdı o zaman.

Havuzlu çarşının alt katında bir balcı vardı, arıya benziyordu adam, kızılımsı saçlı, gözlüklü, ufak tefek, hafif kambur. Yedi sülalesi balcıymış, öyle diyordu, büyük büyük büyük dedesinin Topkapı Sarayı'na bal temin etmek için yılın sekiz ayı Temeşvar'dan Belucistan'a dağ tepe gezdiğini söylüyordu.

Dükkânı küçücüktü ama eşsizdi. Petekli peteksiz, çeşit çeşit bal doluydu raflar.

Balın menşei mühimdir diyordu, tek tek gösteriyordu.

Karadeniz'den kestane balı, Kars'tan oğul balı, Hanak'tan sarı bal, Kafkasya'dan beyaz bal, Pervari'den Karakovan balı, Bozdağ yaylasından çiçek balı, Erzurum'dan Malakan balı, Trakya'dan ayçiçek balı, Artvin'den ıhlamur balı, Burdur'dan lavanta balı, İç Anadolu'dan kekik balı, Mersin'den narenciye balı.

Bir tek çam balı satmıyordu, çam balının bal olmadığı iddiasındaydı.

Bir gün Vikipedi'de çam balıyla çiçek ballarının farkına baktı. İnternette her şeye bakardı, çok iyi bildiği şeylere bile. Çam balının pamuklu çam böceğinin tatlı dışkısına dadanan arılar tarafından yapıldığını, bu çamlara balsıra ağaçları dendiğini, bir tek Türkiye ve Yunanistan'da bulunduğunu öğrendi. Balcıya söyledi.

Balcı bok işte dedi, o bal değil, çam böceğinin boku.

Tartışmadı adamla, kimseyle tartışmazdı.

Birkaç yıl önce dükkânının methini duyup gelen bir gurme, televizyondaki bir yemek programında balcının dükkânını öve öve bitiremeyince İstanbul'a taşındı kızıl kafa. Lüks bir semtte dükkân açtı. Çok süslü, çok havalı bir internet sayfası yaptırdı. Çam balı da satıyordu artık. Marmaris'in balsıra ağaçlarından gelen ünlü ve eşsiz çam balı diye yazmıştı sayfasına.

Daracık bir masaydı mutfakta yemek yedikleri, iki kâse reçel, bir kâse margarin, iki çay bardağı, bir ekmek sepeti zor sığıyordu.

Yağı ekmeğine rahatça süremezse sinirlenirdi kardeşi, bıçağı fırlatırdı, margarin parçası duvara, dolaba, fayanslara, bir yere yapışırdı.

Kardeşi sinirlendiği zaman hiç sesini çıkarmazdı. Ölü gibi, mumya gibi, sfenks gibi öylece karşısında oturup öfkesinin geçmesini beklerdi. Çok sürmezdi zaten, yarım saat en çok. Kardeşi gittikten sonra ilk iş fırlayan yağ parçasının yapıştığı yeri bulur, silerdi. Çok temiz titiz biri olduğundan değil, mutfakta bir yerlerde erimekte olan bir yağ parçası bulunduğunu bilmek rahatsız ettiği için.

Kardeşi kolay sinirlenen biri değildi aslında, hatta fazla sakindi, aşırı sakin. Ama ablasına çok çabuk parlardı. Her gün parlayacak bir şey de bulurdu, buzdolabından gelen peynir kokusu bile yeterdi.

Kardeşi tiksinirdi peynirden, ağzına sürmezdi.

Kardeşi yemediği için peyniri kendisi ve babası için alırdı, kardeşine kokmasın diye kat kat naylona sarardı. Babası iyi peynirden anlardı, hele annesi hayattayken ta nerelerden çeşit çeşit peynir getirtirdi. Göğermiş Erzurum peynirine bayılırdı, Halep peynirini, tuzlu olmasına rağmen Mihaliç peynirini, Bergama tulumunu çok severdi, iyi peynir için paraya kıyardı.

Babası tatsın diye az az peynir alıyordu, çok az az ama, birer lokma neredeyse. Eski çeşitler de yoktu zaten artık, babasının sevdiği peynirleri internette bile bulamıyordu.

Babası öldükten sonra peynir almayı bıraktı, ancak biri ikram ederse yiyordu.

İyi peynir pahalıydı.

Hakiki bal gibi hakiki tereyağı da çok pahalıydı.

Kardeşi fazla parlamışsa akşam eve yarım kilo gönül alma tatlısıyla gelirdi.

Kardeşinin getirdiği bu tulumba tatlısına gönül alma tatlısı diyordu, içinden diyordu ama, kardeşi gücenmesin diye.

Duygularını belli etmek istemezdi. Kardeşi duygulara karşı çok dayanıksızdı çünkü. Tulumbayı sevmiyordu mesela ama kardeşi hayal kırıklığına uğramasın diye seviyormuş, hatta o kadar çok seviyormuş ki kardeşinin hakkını bile yemek istiyormuş gibi yapıyordu. Taneleri sözde iştahla ağzına tıkıyordu akşam otururlarken. Yarım, bir, bir buçuk, iki diye sayıyordu.

Babası da öyle yapardı, ne yedim ki, beş tanecik derdi.

Kardeşi tulumbaları iki, iki buçuk, üç, üç buçuk diye sayarak yerken gülüyordu.

Yavaş ye, boğulacaksın diyordu.

Babası öldükten sonra olmaya başlamıştı aralarında

böyle neşeli şeyler. Hayattayken güldüklerini pek hatırlamıyordu. Gülmüşlerse de gizli gizli, kendi aralarında. Gene de sık olmuyordu bu neşeli şeyler, hiddetli, üzülmeli şeyler daha çok oluyordu. Yıllar geçiyor ama hayatlarında acıklı şeyler azalmıyordu.

Babasının cenazesinden sonra komşuların getirdiği yemekleri dolaba koyarken donmuş bir domates yere düştü. Taş gibi bir ses çıkardı.

Yeni buzdolabı almamız lazım artık dedi, kaç kere tamirci getirdik, olmuyor işte.

Kardeşi, askere gideceğim şimdi, dönünce alırım dedi.

Kardeşi askerdeyken kendisi alabilirdi aslında. Babasının ölümünden birkaç ay sonra yetim maaşı bağlanmıştı, o birkaç ayın maaşını da topluca almıştı.

Ama kardeşini bekledi. İtaatkârca.

Askerden döndüğünde kardeşine hatırlatmasına gerek kalmadı. Şişedeki suyun bile donmuş olduğunu görünce yeni bir dolap almak lazım dedi kardeşi.

Çarşıdaki büyük mağazaya gideriz, çift kapılılardan birini beğeniriz diye düşünüyordu. Ama kardeşi almıştı bile. Birkaç gün sonra getirdiler, eskisini alıp götürdüler.

Margarin donmuyordu artık ama alışkanlık olmuştu. Yine her sabah çıkarıp güneşe koyuyordu.

Öyle sıcak bir günde öldü ki babası, ölümü bu nedenle unutulmaz oldu. Ne zaman sıcaktan konu açılsa komşular neydi o babanın cenazesindeki sıcak dediler.

Mezarlıktayken güneşe baktı, kardeşi babasının na'şını mezara indirdiği sırada.

Birkaç saat kör oldu, baktığı yerde hep sapsarı bir boşluk.

Uyku denizi

Kardeşini uyandırmak onun göreviydi.

Önceleri çok kolaydı, annesinin hastalığından beri tetikte uyuduğu için uyanmak, uyandırmak hiç sorun değildi.

Ama babası öldükten sonra deliksiz uyumaya başladı. Gözünü kapattığı gibi uyuyordu, sabahları bir türlü açamıyordu.

Uyku denizi diyordu bu gece uykularına, uyumalara doyamıyordu.

Birkaç kere uyanamadı, kardeşi işe geç kaldığı için onu suçladı.

O da gitti, bir çalar saat aldı, en ucuzundan. Pilliydi saat, tik tak etmiyordu ama kardeşi alarm sesinden nefret ettiği için o duymasın diye kendi yastığının altına koymak zorunda kalıyordu. Alarmı da çok kötüydü, ciyak ciyak bir ses. Her sabah sıçrayarak uyanıyordu uykusundan. Bozulmasını bekliyordu, yenisini alarm sesine göre alacaktı ama saat çok sağlam çıktı, bozulmadı. Akıllı telefon alana kadar, her sabah altıda kulağını delen bu çıngıraklı tiz sesle uyandı.

Akıllı telefon alınca her gün bir alarm tonu denedi. Sonunda 'sahilde'de karar kıldı.

Tattaraaat. Tatta tatta tattarat. Tattaraaat.

Uyarı sesi değildi, güzel bir şarkının başlangıcı gibiydi. Müzikle uyanmak zevkliydi.

Şimdi kardeşi de ölmüştü.

Artık telefonunun alarmını kurmasına gerek yoktu, yumuşasın diye margarini sobanın yanına koymasına da.

İstediği zaman peynir alabilirdi ayrıca.

Çığlık

Babası ışık istemezdi, yatak odasının perdeleri hep kapalıydı. Camları da açtırmadığı için odasından çürük, nemli, sidiği andıran bir koku yayılırdı. Sağlığı iyi değildi, sakat kalmasına neden olan kaza akciğerlerine çok hasar vermişti. Bu yüzden ikide bir kötüleşirdi, o da ikide bir babasını hastaneye götürmek zorunda kalırdı.

Çok zordu babasını hastaneye götürmek. Mahallede taksi durağı yoktu. Mahallede taksiye binebilecek insanlar oturmuyordu. Bu nedenle anacaddeye kadar yürümesi, oradan geçen bir taksiyi durdurması, eve getirmesi, babasını bindirebilmek için taksiciden yardım istemesi gerekiyordu. Gönülsüzce de olsa yardım ediyordu taksiciler, homurdanarak, cık cık ederek tekerlekli sandalyeden alıyorlardı, atar gibi arka koltuğa bırakıyorlardı, hemen direksiyona geçiyorlardı. Sandalyeyi o katlayıp bagaja koysun diye bekliyorlardı.

Bazen isteyerek yardım edenler çıkıyordu.

Sen bırak bacım diyorlardı, sen çekil şöyle.

İyilik yapmayı seven insanlardı.

Ama onlar da çok soru soruyorlardı, iyilik yaparak istedikleri kadar soru sorma hakkı kazanıyorlardı sanki. Ağzından şikâyetten başka bir söz çıkmayan babasının da konuşacağı tutuyordu böyleleriyle karşılaşınca.

Babasının nasıl sakat kaldığını uzun uzun anlatmasından, iyi kalpli taksicilerin dinsel içerikli teselli sözlerini dinlemekten çok sıkılıyordu.

Yorgun yüzlü doktor, babasının akciğerlerinin iyi çalışmadığını, akciğerleri iyi çalışmadığı için kalbinin zayıfladığını, kalbi zayıfladığı için karaciğerinin ve böbreklerinin de iyi çalışmadığını söylemişti. Zincir gibiydi insan organları, biri bozulunca diğerleri de sırayla bozuluyordu.

Ne olacak peki? diye sormuştu.

Böyle gidecek, bir gün ölecek demişti doktor.

Böyle gitmesi ne kadar sürer?

Belli olmaz.

Yedi yıl sürmüştü.

Babasının, sağlığı kötü olsa da kendini yatak odasına hapsetmesine gerek yoktu aslında. Günün bir kısmını oturma odasında ya da arka bahçedeki dutun altında geçirebilirdi. Ama istemiyordu, yatak odasından çıkmıyordu.

Orada eşyalar üstüme üstüme geliyor diyordu.

Haksız sayılmazdı, kalabalıktı oturma odaları, eşyanın çokluğundan değildi ama, odanın küçüklüğündendi, bir de koca ahşap vitrinin bir duvarı heyula gibi kaplamasından.

Her şeye, özellikle yaşamaya küskündü babası. Tanrısına da çok kızgındı. Sadece onu öldürmeyip süründürdüğü için değil, pek çok nedenle kızgındı. Uyanık olduğu saatleri tanrısıyla kavga ederek geçiriyordu.

Uyurken evin her köşesinden duyulan, inlemeli bir hırıltıyla soluk alırdı. Uyanıkken bu hırıltıya ara ara çığlığı andıran bir ses eşlik ederdi. Bir keresinde bu çığlıklar düzenli mi diye saat tutmuştu. Değildi, bir düzeni yoktu. İki çığlık arasında bazen üç, bazen yedi-sekiz dakika oluyordu. Rahatsız ediciydi. Ona çok yapay geliyordu, sanki babası varlığını bir an bile unutmasınlar diye bu çığlıkları ağzının içinde üretiyormuş gibiydi.

Akıllı telefon almadan önce, babasının uyuduğu saatlerde bütün dünyası televizyondu. Dizi seyretmezdi, komşular harıl harıl dizi konuşurlarken seyretmiş gibi başını sallardı. Tartışma programlarını seyrederdi, belgeselleri severdi, yarışma programlarında kendi de yarışırdı. Bir defter almıştı, bilemediği soruları defterine yazıyordu. Cırdavalın ne demek olduğunu bilgi yarışmasında öğrenmişti mesela.

Cırdaval: Meşe dalından yapılan, ucu demirli cirit değneği.

Gezelim görelim türünden programlara meraklıydı asıl ama o zamanlar azdı böyle programlar. Kablolu TV yoktu henüz. Belki vardı da onlar almamışlardı, hatırlamıyordu.

Bahçe

Evleri küçüktü ama arsası büyüktü. Uzundu daha doğrusu, koridor gibi ince uzun bir arsaydı. Tam arkalarında yapılan süslü apartmanın müteahhidi yasa hukuk dinlemeden boydan iki buçuk metresini kendi arsasına katmış olduğu halde bahçelerinde hâlâ bir kayısı, bir dut, bir ayva, bir de duvar dibinde kendi kendine bitmiş bir incir vardı.

Ama meyveden yana şanslı sayılmazlardı. İncir ağacı erkekti, meyvesi yoktu. Kayısılar olgunlaşmadan dökülüyordu. Ayva çok az meyve veriyordu, verdiği de çok sertti, yenmiyordu. Bir beyaz dut verimliydi ama o da başının derdiydi. Dökülen dutlar yüzünden bahçe yaz boyu yapış yapış oluyordu, kardeşi terlikleriyle bahçeye çıktıkça bu yapış yapışlığı evin içine taşıyordu, içerisi karasinek ordularıyla doluyordu.

Ama çok tatlıydı dut, bal gibiydi, tam kardeşinin sevdiği gibi.

Kardeşi yazın işten gelince tabureyi çekip altına oturur, ağacın gövdesine kuvvetli bir tekme atardı. Patır patır dökülürdü dutlar, dökülenleri yerden yemeye bayılırdı.

Eskiden bir de erik ağacı vardı. Çakal eriğiydi, dişleri kamaştıracak kadar ekşiydi ama erikti sonuçta, bahçede en sevdiği ağaçtı. Annesi hastalandıktan sonra babası bir gün çocuklar dadanıyor, gürültü yapıyorlar diye kesti. Ağzı çizgi halinde paslanmış baltayı, ağacın incecik ve taze gövdesini, babasının ayaklarının altında ezilmiş, henüz fındık kadar erikleri görünce banyoya saklanıp ağladı.

Babası evlerinin arsasını annesiyle evlenmeden önce almıştı. Buralı değildi, annesine âşık olunca buralı olmaya karar vermiş, babasından kalan birkaç parça araziyi abilerine zorla sattırmış, eline geçen parayla evlerinin arsasını almıştı.

Aşk uğruna abileriyle kötü olmuştu. El kızı için baba mirasını sattırdı diye abileri onu defterden silmişti.

Babanla el öpmeye gittik, hiçbiri kapısını açmadı derdi annesi, hüzünlenirdi.

Babasının parası yetmediği için küçücüktü evleri, kutu gibiydi. Annesi bu kutu gibi evden hiç şikâyetçi olmamıştı, babasını seviyordu çünkü.

Ön bahçeleri yok denecek kadar küçüktü. Kendiliğinden bitmiş akşamsefaları iki basamakla çıkılan küçük taşlığı çevreliyordu. Annesi iyiyken yazın akşam yemeklerini bu taşlıkta yerlerdi. Etsiz sebze yemekleri yapardı annesi, sofraya bol bol ekmek koyardı. Cam sürahinin üstündeki su damlacıkları güneşte minik pırlantalar gibi parlardı.

Babası evlerini büyütmek istiyordu, büyütmesi için de idareli yaşamaları gerekiyordu. Yumurtaya para vermeyelim diyerek arka bahçeye bir kümes yapmışlardı, bir sürü tavukları vardı. Ama ikide bir hastalık giriyordu tavuklara, her hafta birini ikisini ölü buluyorlardı, üzülüyorlardı. Sonunda tavuk beslemekten vazgeçtiler.

Çevrelerindeki yüksek apartmanların hiçbiri yoktu

o zamanlar. Mahalle çoğunluğu tek katlı, küçük, kâgir evlerden oluşuyordu.

Bu küçük kâgir evlerde iyi insanlar oturuyordu.

Annesi öyle söylerdi.

Komşularımız çok iyi insanlar derdi.

Herkesin iyi insanlar olduğu zamanlardı ya da annesinin iyi olduğu zamanlar.

Dede

Babası elektrikçiydi, memleketinde elektrik kurumunda çalışıyordu, devlet geçici bir görevle buraya göndermişti. Elektrik üretmek devletin işiydi o zamanlar. Annesinin babası da elektrik idaresinin karşısında küçük bir büfe işletiyordu. Gazete, dergi, sigara, kibrit satıyordu, abonman bileti, telefon jetonu, at yarışı bülteni de satıyordu.

Babası dedesinin büfesinden sigara alırken annesini görmüş, âşık olmuştu. Âşık olunca memleketine dönmekten vazgeçmiş, evlenmek istemişti. Dayısı hayır demişti tabii ki. Hayır demesinin abi olmaktan başka gerekçesi yoktu. Öyle biriydi dayısı. Herhangi bir nedenle izni istendiğinde hayır demeye, sorun çıkarmaya, işi zora koşmaya bayılırdı. Allahtan dedesi dayısına söz hakkı vermemiş, kızına iyi bakacağına dair bir garanti istemişti sadece. Babası da aldığı arsanın tapusuyla dedesinin karşısına çıkınca nişanlanmışlardı.

Bunları annesinden dinlediğinde sekiz yaşındaydı. Çok sevmişti bu aşk hikâyesini. Aşkın böyle bir şey olduğunu düşünmüştü. Âşık olmak için sabırsızlanmıştı.

Ama aşk için yıllarca beklemesi gerekti, çok uzun yıllarca.

Dedesinin ölümü tuhaf oldu, hatta acıklı. Annesinin hastalanmasından birkaç ay önce bir gün okul dönüşü büfenin önünden geçiyordu. Tezgâhta televizyonda reklamını gördüğü bir çilekli çiklete gözü ilişti, çok canı çekti.

Çekine çekine, dede alayım mı bir tane, dedi.

Dedesi cevap vermedi, minderli sandalyesinde oturuyordu, gözleri kapalıydı. Uyuduğunu sandı. Almaya cesaret edemedi. Eve gidince annesine dedesinin uyuduğunu söyledi. Çikletten söz etmedi.

Yorulmuş demek ki dedi annesi, çok yaşlandı, artık dayanamıyor.

O gece geç saatte telefon çaldı. Hepsi fırladılar. Bu saatte çalan telefon hayırlı olmazdı. Arayan dayısıydı, babasının öldüğünü söyledi. Annesi babası hemen giyindiler. Kardeşini ona teslim ettiler, apar topar gittiler.

Dedesinin sabah saatlerinde ölmüş olduğu anlaşıldı. Huysuz aksi bir ihtiyar olduğu için sorulara cevap vermemesi kimseyi kuşkulandırmamıştı.

Dayısı dedesiyle oturuyordu, evliydi, üç çocukları vardı o zamanlar, sonra dörde çıktı. Dedesi akşam yemeğine gelmeyince önemsememişler, kahveye gitmiştir diye düşünmüşlerdi. Yatma saati geldiği halde hâlâ ortada görünmeyince dayısı kalkıp büfeye gitmişti, öyle anlaşılmıştı öldüğü.

Anne babası evde olmadığı zaman kardeşi her şeyden korkardı, hırsız girmesinden korkardı, gök gürültüsünden korkardı, fareden, böcekten, ağaçların hışırtısından.

Abla seninle yatayım mı? derdi.

Yorganı açar, kardeşini yatağına alırdı, sımsıkı sarılırdı. Kendisine ihtiyaç duyması çok hoşuna giderdi. Yine öyle yaptı, kardeşinin başını göğsüne koydu, yorganı üstlerine çekti, kollarını kardeşinin narin kürekkemiklerinde kenetledi, toz kokan kısa saçlarını öptü.

Korkma, ben yanındayım dedi.

O da çocuktu, henüz dokuz yaşındaydı ama kendini dünyayı yutmuş gibi hissediyordu.

Tanıştıkları ilk ölümdü bu, sonra alıştılar.

Elettirik

Kardeşi de babası gibi elektrikçiydi. Sarı kontrol kalemini ve rengi kararmış sarı şerit metresini yanından ayırmazdı.

Elektriğe elettirik derdi.

Şehirdeki sanayi kuruluşlarının elektrik işlerini yapan bir şirkette çalışıyordu. İşyeri organize sanayide üç katlı bir dükkândı. Dükkânın üst katında bürolar vardı. Bodrumda yüzlerce metre kablo sarılı dev bobinler, boy boy dağıtım panoları yığılıydı. Giriş katta da anahtar kutuları, klemensler, kablo pabuçlarıyla dolu büyük koliler ve elektrik düğmesi priz fiş ampul gibi perakende satılan malzemeler duruyordu.

Bir kere gitmişti kardeşinin işyerine, karşısına kardeşini soracak kimse çıkmayınca katlar arasında sessizce dolanmıştı. O zaman öğrenmişti kardeşinin sahada çalıştığını.

Kardeşi gibi teknisyenler için öyle deniyordu: Sahada çalışıyor.

Babası sakat kaldığında annesinin ölümünün senesi dolmamıştı daha, İstanbul'a kaçan oğlunu yeni bulup getirmişti.

Enerji nakil hattının arızasını gidermek için çıktığı

tevzi direğinden düştü, omurgası kırıldı. Üç buçuk ay hastanede, iki ay rehabilitasyon merkezinde yattı.

Babası yokken kardeşi yine kaçacak diye çok korktu, aylarca el üstünde tuttu kardeşini.

Ama bir an bile göz göze gelmediler.

Kardeşi başını yerden kaldırmadı.

İkisi de yaşadıkları o geceyi hiç yaşamamış gibi davranabiliyorlardı.

Annelerinin ölüm acısına henüz alışmış değildiler öte yandan, her an babaları da ölecek diye korkuyla beklediklerini birbirlerinden gizliyorlardı.

İkisi de çocuktu henüz.

Beş buçuk ayın sonunda babaları tekerlekli sandalyeyle eve geldi. Bir daha da arada bir hastaneye gitmeleri sayılmazsa evden çıkmadı.

Kardeşinin kaybolduğu günler çok zor geçti.

Hayatının en zor günleriydi.

Annesinin ölümünden bile zordu.

Eskiden, sabahında kardeşinin kaçtığı gece daha sık aklına gelirdi, durup dururken, gün ortasında. Böyle zamanlarda birden ateşi yükselirdi, kilometrelerce koşmuş gibi soluğu hızlanırdı. Ölmek isterdi.

Yıllardır aklına gelmiyordu.

Yaşanan her şey zamanla soluyordu. Öyle bir soluyordu ki belli belirsiz bir iz bırakıyordu arkasında. İnsan bu ize bakıyor ama yaşandığından emin olamıyordu.

Hayatın böyle bir özelliği vardı.

Şimdi iyiydi, o geceyi hatırlasa da etkilenmiyordu. Olmamış gibiydi, sanki biri ona anlatmış gibi ya da televizyonda izlemiş gibi. O kadar uzak, o kadar kendisinin dışında.

Kardeşi elektrik direklerinin tepesine çıkmıyordu ama yüksek inşaatlarda çalışıyordu. O da babası gibi düşecek diye korkuyordu, duvarları örülmemiş bir inşaatın yedinci katında kablo çekerken ayağı bir kaysa mesela. Bu nedenle sık sık, ayrıl o işten, masa başı bir iş bul, sana iş mi yok diyordu kardeşine.

Ne anlarım ben masa başı işinden diyordu kardeşi, ben elettirikçiyim.

İyi de elektrikçiydi, patronu öyle söylemişti cenazede, en iyi elemanımdı demişti.

Kardeşi de patronunun çok iyi bir insan olduğunu söylüyordu. Seviyordu patronunu, mühendislik fakültesini yarım bırakmak zorunda kaldığı halde yılmayıp ilerlemesini, yanında iki mühendis, üç teknisyen ve bir sürü işçi çalıştıracak kadar büyümesini çok takdir ediyordu.

Patronunun bu başarı hikâyesini sık sık anlatıyordu. Her defasında onaylar gibi başını sallıyordu kardeşine ama patronun mühendislik fakültesini yarım bıraktığına inanmak içinden gelmiyordu. Kardeşine söylemese de patronun fırsatları iyi değerlendiren, uyanık bir adam olduğunu düşünüyordu.

Kendine etkileyici bir yaşamöyküsü uydurmuştu adam, etkileyici yaşamöykülerinin insanlar üstünde etkili olduğunun farkında olmalıydı, siyasete girmeye hazırlanıyordu muhtemelen, ona öyle gelmişti, halinden tavrından kuşkulanmıştı.

Komşular, ne zaman elektrikle ilgili bir işleri olsa kapıya gelirler ve kardeşinin yapmasını isterlerdi. Rica eder gibi bir halleri de olmazdı. Akşam bize uğrasın da yapıversin bir zahmet derlerdi.

Komşuluk bunu gerektirirdi, babası da hep yapmıştı zamanında. Tekerlekli sandalyeye mahkûm kalıncaya kadar komşuların elektrik işlerini hep babası yapardı, yüksünmezdi. Ama kardeşi öyle değildi, hoşlanmıyordu milletin işlerini yapmaktan. Hemen parlıyordu.

Ne mecburiyetim var? diye bağırıyordu. Ne çok seviyorlar bedavaya adam çalıştırmayı.

Yine de yapıyordu. Ama öyle suratsızca yapıyordu ki, komşular, yazıklar olsun, bir daha çağırmayız merak etmesin diye sitem ediyorlar ama sonra yine ihtiyaçları oluyor, yine çağırıyorlardı. Yine aynı kabalıkla, bir zahmet sözüne bile emir kipi havası vererek.

Komşular işlerine yarayan aşağılanmayı hiç unutmuyorlar ama işlerine gelmeyeni hiç yaşanmamış gibi unutabiliyorlardı.

Zamanla azaldı bu çağırmalar, çevrelerinde yüksek apartmanlar yapıldıkça, komşular sık sık değişmeye başlayınca.

Ölümünden önce kardeşinin elektrikçi olduğunu bilen yok gibi bir şeydi neredeyse, sanayide çalışıyor diye biliyorlardı.

An

Babalarının hırıltılı soluğunun kesildiğini fark ettiklerinde kahvaltıya yeni oturmuşlardı. İkisi de hemen hemen aynı anda fark ettiler. Kardeşi ekmeğine yağ sürüyordu, durdu. Çok kısa bir an, belki bir saniye birbirlerine bakmadan eve çöken sessizliği dinlediler. Sonra hiç konuşmadan kahvaltılarına devam ettiler.

Yemek yerken konuşmazlardı. Annesi hastalanınca babası ağlamayı, yemekte konuşmayı ve daha pek çok şeyi yasaklamıştı, özellikle neşeli şeyleri.

Yas daha annesi yaşarken evlerini ele geçirmiş, bir daha da gitmemişti.

İlkokul dörtteydi annesi hastalandığında, söz dinleyecek yaştaydı, içine doğru ağlamayı çabuk öğrendi. Kardeşi de söz dinleyecek yaştaydı, ondan iki yaş küçüktü ama ağlamadan duramıyordu. Bu yüzden hemen her akşam azar işitiyordu babasından. Babasının azarı da birkaç sert sözden ibaret değildi. Camlar titriyor gibi gelirdi ona babası bağırırken. Sekiz yaşındaki oğluna tokat atmamak için ceketini, atkısını, eşyalardan birini yere çarpar, evden çıkıp gider, yarım saat sonra kıpkırmızı gözlerle gelirdi.

Babası için de çok zordu hayat.

Çok uzun sürmedi, kardeşi de içine doğru ağlamayı öğrendi.

Ama annelerinin hastalığı uzun sürdü. İki kardeş beş yıl boyunca içlerine ağladılar.

Kahvaltıları bitince çabucak masayı topladı, bulaşıkları soğuk suyla, üstünkörü yıkadı. Aklı babasındaydı. Kardeşi giyindi, geldi. Masaya haftalık masrafı bıraktı. On sekiz yaşını doldurduğundan beri babasının maaşını kardeşi çekiyordu. Ona düşen, kardeşinin bıraktığı parayı en ekonomik biçimde harcamaktı.

Ben çıktım dedi kardeşi, hadi eyvallah.

Ağzından naneli bir koku yayıldı, dişlerini fırçalamıştı.

Tam çıkarken durdu, babamın sesi çıkmıyor dedi.

Ben bakarım şimdi dedi, sen işe geç kalma.

Yatak odasına gitti. Oda karanlıktı. Perdeleri açtı. Gün ışığında gördü ölü babasını. Çenesi düşmüştü, ağzı açıktı. Başını kedi ölüsüne benzetti, sanki yastığın üstünde bir tekir kedinin ölüsü vardı. Bu benzetmeden dolayı kendini çok kötü, çok hain, çok vicdansız hissetti. Ölü kedi görüntüsünü gözlerinden kovmak için başını salladı. Ama gitmiyordu görüntü.

Gözleri kupkuruydu, çok acıyordu.

Yatağın kenarına oturdu. İltihabın kapladığı gözleri cam gibiydi babasının, gözkapaklarını indirdi, elini eline aldı.

Hâlâ sıcaktı, kuruydu, buruş buruştu.

Ne yapması gerektiğini bilemedi bu kuru eli, dudaklarına götürdü, öptü. Bir şey hissetmedi. Bir daha öptü. Yine kuru el sadece. Babasını seviyordu oysa.

Sabahın bu saatinde dehşetli bir sıcak geliyordu açık pencereden.

Cenazede kimse olmayacak diye düşündü.

Babasının çok şanssız bir adam olduğunu düşündü.

Ama aşkı bulmuş bir adamdı diye düşündü.

Bulmuş ama erken yitirmiş bir adamdı diye düşündü sonra, kendini yalanlarcasına.

Hangisi daha şanslıydı karar veremedi.

Aşkı hiç bulamamış, bulamadığı için ne yitirmiş olduğunu bilmeyen mi?

Aşkı bulup doyamadan yitiren mi?

İçi sızladı babası için.

Bahçede kardeşinin gölgesini gördü, gidemediğini, kapının önünde oyalandığını anladı. Kalktı, pencereden başını uzattı.

Babam ölmüş dedi.

Birkaç saniye öylece durup birbirlerine baktılar.

Ne yapmamız lazım? dedi kardeşi.

Haber vermemiz lazım.

Kime?

Kimseleri yoktu.

Kardeşi patronunu aradı, babamı kaybettik dedi.

Belediyeden geldiler. Babasının ölüsünü ambulansla götürdüler. Komşu kadınlar eve doluştu, kardeşinin sanayiden birkaç iş arkadaşı geldi. Haber verdikleri halde dayısı ve fesat yengesi gelmedi. Evleri beklediklerinden daha kalabalık oldu. Bütün işlemler kolayca halledildi, ikindiye bile kalmadı, öğlen defnettiler. Cami avlusu kalabalıktı, iki cenaze daha kalkıyordu aynı avludan.

Kardeşinin patronu sıcağa rağmen cenazeye geldi. Bir adamını mezarlığa gönderdi, lahmacunla ayran dağıttırdı. Mezarlıkta çok az insan vardı, lahmacunların çoğu arttı. Artanları eve getirdiler. Bir komşu fırına atıp atıp ısıttı, dörde böldü, başsağlığına gelenlere ikram etti.

Akşam Kuran okunduktan, helvalar yendikten, herkes gittikten sonra kardeşine, annem hastalanmadan önce babam ne çok gülerdi hatırlıyor musun? dedi.

Kardeşi çok önemsiz bir şey söylemiş gibi baktı. Boynundaki ıslak havluyla yüzünden akan teri siliyordu. Bir komşu Kuran okunurken serinletsin diye getirdiği vantilatörü geri götürmüştü. Cevap vermedi. Ben yatıyorum dedi, gitti.

O hemen yatmadı. Biraz oturdu, tanrısıyla konuştu.

İyi oldu dedi tanrısına, babam böyle bir yaşamaya razı değildi.

Sonra duraksadı, yo, aslında razıydı dedi.

Babasının yaşama biçimi buydu, her gün bin kere, yaşamak istemiyorum, Allahım al artık canımı demek.

Yeterince iştahlı olduğunu hatırladı babasının, özellikle sevdiği peynirleri yerkenki hali gözünün önüne geldi. O iştahlı çocuksu yüz artık yaşamak istemiyorum diye ağlayan adamın yüzü değildi. Garip bir acı verdi ona bu çelişkili görüntü.

Yirmi yıl daha yatalak olsa yirmi yıl daha bakardım babacığıma diye mırıldandı.

Emin misin? dedi tanrısı.

Yakalandığını hissetti, güldü. Tanrısı hep yakalardı onu. Tanrısına karşı dürüst oldu.

Bu sondu dedi, bir hastaya baktığım son gündü bu.

Bir hasta. Babası.

Çekyatı açıp yatağını yaptı. Banyoya giderken kardeşinin babasının karyolasında yattığını gördü. Babasının odasını ve bir zamanlar anne babasının birlikte yattıkları karyolayı çoktan sahiplenmişti.

Kardeşinin bu oda ve karyolanın kendi hakkı olduğunu düşündüğünden emindi.

Hakkı değildi aslında ama itiraz etmedi. O da kardeşinin odasına yerleşti.

Böylece evi paylaşmış oldular. Sessizce.

Asma

Bir asmaları vardı ön bahçede. Annesinin taşlığa gölge versin diye diktiği günü dün gibi hatırlıyordu. O gün annesi öyle güzeldi ki. Kürekle çukur açan, asmayı diktikten sonra üstüne basarak toprağı düzleyen, asmanın birkaç yavru dalını paket ipiyle nazikçe bağlayan, toprağını emzikli kovayla sulayan annesini hayran hayran seyretmişti.

O annesine benzemiyordu. Büyüyünce annesi gibi güzel olamayacağını biliyordu.

Annesinin çok iyi insanlar dediği komşuları bir ona bir annesine bakıyorlar, hiç sana benzememiş diyorlardı, kime çekmiş bu? Yazık.

Annesi üzülüyordu, her defasında onu teselli edecek bir söz arıyordu.

Annesinin üzülmesini istemiyordu, üzülmesin diye neşeli neşeli gülüyordu, hepsi çok iyi insanlar olan komşuların imalarını anlamazlıktan geliyordu.

Kardeşi ise annesine benziyordu, yüzü çok güzeldi. Ama erkekti, güzel olmuş olmamış çok da önemli değildi. Kardeşi güzel yüzünün değerini bilmemişti zaten, erken çökmüştü.

Bir gün aynada kendine uzun uzun baktı. Neden güzel olmadığını ve olamayacağını anladı. Yüzü orantılı değildi. Üst çenesi çıkıktı, dişleri fırlaktı, alt çenesi yok gibiydi, ağzını açtığında pespembe dişetleri ağzının yarısını kaplıyordu. Saçlarının rengi griye çalıyordu, sanki gri bir toz aslında tatlı bir kestane rengi olan saçlarını kaplamış, bastırmış, incecik bir tabaka haline getirmişti. Boyu da çok uzun olduğu için kambur duruyordu ayrıca, büyük bir sırtı vardı, göğüskafesi içe çöküktü, aşırı zayıftı.

Değiştiremeyeceği özelliklerdi bunlar.

O zaman aynaya değil başka yere bakmalıydı, mesela dünyanın kendisine.

Asmayı diktiği gün annesi sarı bir penye giymişti. Yakası açıktı biraz, göğüsleri gözükmesin diye eğildikçe eliyle kapatıyordu. Çevrede görecek kimse yoktu ama annesinin alışkanlığıydı bu, yakası kapalı bir şey giymiş bile olsa eğildiğinde eliyle göğsünü kapatırdı.

Göğüsleri büyüktü, hastaydı ama henüz bilmiyorlardı. Asma tuttuktan, ilk koruklar kararıp dolgun, kokulu bir kara üzüme dönüştükten sonra öğrendiler.

Güneş evlerinden gitmiş gibi oldu.

O zamanlar güneş öğleden sonraları olduğu gibi taşlığa vururdu. Annesi asmayı güneşin dimdik geldiği köşeye dikmiş, arka bahçeye doğru uzanıp gitsin, evin yan tarafında bir çardak oluştursun diye duvara birkaç sıra tel germişti. Asma çabucak yürümüştü telden. Ertesi yıl yapraklarını toplayıp salamuraya basmışlardı bile. Büklüm büklüm filizlenirdi asma, ekşi filizlerini koparıp yemeye bayılırlardı kardeşiyle ikisi.

Eskiden çok üzüm verirdi. Salkımları büyüktü, taneleri iriydi, yere düştüğünde patlardı. Dört bir tarafa yüksek apartmanlar yapılınca güneş kesildi. Salkımlar küçüldü, taneler koruk kaldı, tatlanmadan büzüştü, kurudu, döküldü, asmanın üstünde tek yaprak bile kalmadı.

Bir keresinde kardeşiyle bunu konuştular.

Apartmanlar yüzünden güneşi görmez olduk, baksana dedi.

Hayır dedi kardeşi sertçe, annem öldüğü için.

Kardeşi asmanın annesinin arkasından kuruduğuna inanıyordu. Oysa annesinden sonra yıllarca üzümünü yemişlerdi. Kardeşi ya gerçekten hatırlamıyordu ya da hatırlamak istemiyordu. Israr ederse kavga edecek hale geliyorlardı. Sonunda tartışmaktan vazgeçmişti.

Haklısın, annemin arkasından kurudu asma.

Kurumak

Kurban bayramından birkaç gün önce arkalarındaki apartmanın giriş katında oturan demir doğramacı asmalarını kesti. Pazardan geliyordu, adamın kökünü sökmek için ağaca asıldığını gördü. Sorar gibi baktı, demir doğramacı hiç oralı olmadı, asmanın yaşlı güçsüz kesik gövdesini, kurumuş çıtırdayan dallarını topladı, sokak boyunca taşımaya üşenmeden götürdü.

Gözlerine inanamıyordu, ağlayacaktı neredeyse.

Akşam kardeşinden demir doğramacıya niye kestiğini sormasını istedi.

Kardeşi birden sinirlendi, kurumuştu zaten dedi, iyi yapmış da kesmiş.

Kardeşi arada bir demir doğramacıyla bira içmeye giderdi, arasını bozmak istemediğini anladı. Kardeşinin pek arkadaşı yoktu.

O da biliyordu asmanın kuruduğunu, artık böceklere yuva olmaktan başka bir işe yaramadığını. Ama kurumuş asmalarını kesmek demir doğramacının üstüne vazife değildi.

Bayramın ikinci günü bir duman kokusu aldı. Bahçelerinin hırsız müteahhidin çaldığı kısmından geliyordu, demir doğramacının oturduğu apartmanın beton avlusundan. Duvarın üstünden baktı, adamın asmanın dallarıyla mangal tutuşturmaya çalıştığını gördü. Kurban etiyle mangal yapacaklar diye düşündü. Az sonra karısı bir tepsiyle geldi, alüminyum folyonun altından uzun metal şişlerin süslü sapları görünüyordu.

Zırh çekmekten kollarım koptu dedi kadın.

Robotta çekseydin ya dedi adam.

Zırh kıyması robotta çekilmez.

Güneyin bir yerinden gelmişti kadın, kebabıyla meşhur şehirlerin birinden.

Demir doğramacı faraşla ateşi yelliyordu ama kömür bir türlü tutuşmuyordu.

Eeeh diye elinden attı faraşı. Oğlanı markete yolla da çıra alsın dedi. Yahut jel alsın jel, jel hemen tutuşturuyor.

Jel pahalı dedi kadın.

Lazım ama dedi adam, bunlar tutuşturmuyor baksana!

Sana dedim dedi kadın, boşuna kestin asmayı.

Ondan mı kestim?

Ya niye kestin?

Sinirime dokunuyordu, ondan kestim.

Asma mı sinirine dokunuyordu?

Kuru kız. Sanki yeşerecekmiş gibi eşeleyip duruyordu toprağını.

Güldü karısı, kuru kız denmez, kız kurusu denir dedi.

E kuru ama dedi adam, sopa gibi bir şey.

Ha, öyle kuru diyorsun dedi kadın.

Öbür türlü de kuru dedi adam, her türlü kuru.

Gülüştüler.

Fakat ne boy var kızda dediler.

Allah boy vermiş gerisini koyuvermiş dediler.

Devede de boy var ama eşek önde gider dediler.
Kardeşi de maşallah, dediler.
Top gibi yuvarlanacak artık dediler.
Noktayla virgül dediler.
Biri sanayi tüpü öbürü mutfak tüpü dediler.
Kıkır kıkır güldüler. Dakikalarca.

Bu konuşmadan yedi ay sonra kardeşi öldü.

Cırdaval

Boyu fazla uzundu gerçekten, kendini bildi bileli öyleydi.

Bugüne kadar şehirdeki bütün erkekler dahil, kendinden uzun kimseyi görmemişti.

Bir ihtimal lisenin basketbol takımının çocukları ondan uzun olabilirlerdi ama onlara da hiç rastlamamıştı.

Ama asıl sorun kilosuydu. Çok zayıftı, aşırı zayıf.

Annesi iyiyken ona her sabah tereyağıyla bal sürdüğü kalın bir dilim ekmek yedirirdi. Birkaç ısırıktan sonra midesi bulanırdı, tereyağını severdi ama balla birlikte sevmezdi, yine de annesini üzmemek için bal sevmiyorum demezdi, kendini zorlaya zorlaya yerdi.

İyi yemekleri seviyordu aslında, az da olsa yiyordu ama kilo alamıyordu.

İnsanlar şaşkınlıklarını ya da alay ettiklerini gizlemeye gerek görmeden uzun uzun bakarlardı ona, çoğu sırıtmaktan ağzını toplayamazdı. Pazarda patates soğan aldığı pazarcı amca patatesini, beş kilo uzun kızaaa diye bağırarak tartardı.

Kardeşinin ölümünden sonra kuru kız demeye başladı pazarcılar. Yüzüne karşı kız kurusu diyemedikleri için. Demir doğramacının karısı, biz ona kuru kız diyoruz demiş olabilirdi. Kız kurusu olduğu için aralarında alay etmiş, gülüşmüş sonra da acımış olabilirlerdi.

Eskiden insanların onu hilkat garibesi gibi görmeleri ağırına giderdi ama uzun zamandır umursadığı yoktu. İnsanlar ve ona bakışları görüş alanından çıkmış gibiydi.

Annesi öldükten sonra hızla uzamaya başlamıştı.

Babası kardeşini İstanbul'da bulup eve getirdikten,

İğne ipliğe dönmüş çocuk odasına kapanıp sesli sesli ağladıktan,

Ara sıra gülümser olduktan kısa süre sonra,

Babasının tevzi direğinin tepesinden düşmesinden kısa süre önce,

Bir sabah,

Babasıyla burun buruna gelmişlerdi mutfakta ve babasının yüzündeki dehşeti okumuştu.

Henüz on beş yaşındaydı ve kırk küsur yaşındaki babasından bir karış daha uzundu.

Babası o zaman fark etti kızının normalden daha uzun olduğunu.

Babası sakat kaldıktan sonra bir gün devlet hastanesine gitti. Bir sürü tahlil verdi doktor, sonuçlara baktı, hâlâ regl olmaya başlamadığı için boyunun hızlı uzamaya devam ettiğini söyledi, kadın doğumcuya gönderdi.

Kadın doğumcu yaşlı, aksi bir adamdı. Annenle gel dedi. Annesinin öldüğünü öğrenince acıdı, birkaç ilaç yazdı. Doktorun verdiği ilaçları aksatmadan kullandığı halde ancak yedi-sekiz ay sonra regl olmaya başladı. O zaman uzaması biraz yavaşladı.

Boyunun uzamasını, babasının, hayata bağlı olmak olarak yorumladığını düşünüyordu.

Annesi ölmüş, babası sakat kalmışken üstelik,
Hayata bağlı olmaya hakkı yokken,
Hayat bir ceza haline gelmeliyken.

Sanki uzamak onun suçuymuş gibi babasının buna öfkelendiğini düşünüyordu.

Babasını öfkelendirmemek için kambur durmaya, omuzlarını kısıp kısa görünmeye çalışmaya o zaman başlamıştı. Göğüskafesinin içe çökmüşlüğü, sırtının genişliği bundandı. Beden büyürken insanın yaşadıklarına göre şekil alıyordu.

Yanıldığını, babasının, aslında hayata bağlı olmasından değil büyümesinden, büyüyünce kaçıp gitmesinden korktuğunu çok sonra anladı.

Bir gün yatak odasındaydılar, babasını yıkamıştı, bir avuç kalmış saçlarını kuruluyordu.

Babasını yıkamak çok zor bir işti, zorluğu utanç dolu olmasından kaynaklanıyordu. Babası henüz genç bir yaştayken bu hale düşmüş olduğu, vücudunun her bir yerini kızına göstermeye mecbur kaldığı için utanıyordu. O da babasını bu halde gördüğü, vücudunun dokunmak istemediği yerlerine dokunmak zorunda kaldığı için utanıyordu. Utancını örtmek için kıvranıyordu babası, his olmayan bacaklarını elleriyle bitiştiriyor, önünü kapatmaya çalışıyordu.

Yıkadıktan sonra, çamaşırlarını giydirirken soluyordu bu utanç. Babasına külotunu giydirirken sallanan cinsel organı ikisi için de elinin parmakları gibi doğal bir organ oluyordu.

Ama sonraki banyo günü geldiğinde yine aynı utanç tekrarlanıyordu.

Havluyla başını ovalıyordu, yanakları pespembe olmuştu babasının, yüzü öksüz yetim bir çocuğun yüzüne benzemişti.

Büyüyünce beni bırakıp kaçacaksın diye çok korktum dedi.

Kardeşinle beni demedi. Beni, dedi sadece.

Çok şaşırdı. Kaçıp gitmek aklının ucundan geçmiş değildi.

Kaçmak hatta gitmek fiili bile ona bir anlam ifade etmiyordu.

Çentik

Boyu aslında öyle anormal uzun değildi, Avrupalı olsa gayet normal bulunurdu. Ama bu ülkede ortalamanın dışında olmak dikkat çekmek için yeterliydi. Kısaydı bu ülkenin insanları. Erkekleri bile. Gençler gerçi daha uzun boyluydular artık.

Duruşuna göre 1,85 ile 1,87 arasında değişiyordu boyu. Kendisine kalsa ölçmezdi de kardeşi sık sık ısrar ederdi.

Keyifli bir akşam geçiriyorlarsa,

Güzel bir yemek yemişlerse, mesela balık üstüne tahin helvası,

Kardeşi balığı gelirken getirmişse, birlikte kızartmışlarsa abla kardeş, kızartırken mahallenin dedikodusunu yapmışlarsa veya annelerinin hatırına dayılarını karalamamak için, ailedeki bütün yanlışların ve fesatlıkların kaynağının yengeleri olduğu konusunda görüş birliğine varmışlarsa,

Kardeşi bir müzik kanalı açmışsa televizyonda,

Yemekten sonra, kalk cırdaval, ölçelim bakalım kaç metre çıkacaksın diyorsa,

Kalkar, kapı pervazına dayanır, dimdik durur, gülümseyerek beklerdi.

Kardeşi ona sadece neşeli olduğu zamanlar cırdaval diyordu hatta cırrrrrdaval. Bu kelimenin sesini seviyordu.

Bazen cırdaval ne demekti? diye soruyordu sanki unutmuş gibi. Şey değil miydi? Hani senin gibi uzun değnek.

Gülüşüyorlardı. Böyle zamanlarda uzun çıkıyordu boyu.

Ama eve geç gelmişse kardeşi, içkili gelmişse,

Kalk bana yemek koy diyerek onu yataktan kaldırmışsa,

Koyduğu yemeği yememişse, banyoya yetişemeden yerlere kusmuşsa,

Fasulye sırığı, bayrak direği, deve boylu, kör değneği, kaz boyunlu, leylek, zargana, sopa, götsüz, kazulet, iskelet, kılçık, göğe çıkan merdiven diye aralıksız hakaret ediyorsa ona,

Senin var ya, senin ben.. diye başladığı cümleleri bitirmiyor ve gözlerine dolan yaşları akıtmamak için yumruklarını sıkıyorsa,

Dikil şuraya, ölçeceğim, bakalım yine kaç metre uzamışsın diye tutturuyorsa,

Uzamıyorum artık, sen de biliyorsun dediği halde kolundan çeke çeke kapı pervazına yapıştırmışsa onu ve elinde ucu kanca gibi kıvrık, kablo sıyırma bıçağı varsa,

Kardeşine bırak beni diye yalvarırken bıçağın çeliğini boğazında hissediyorsa,

Sol eliyle başını kapı pervazına dayayıp sağ elindeki bıçakla başının üstünden pervaza çentik atıyorsa kardeşi,

Alnını bastıran eli buz gibi soğuksa ve parmak uçlarının nasırını teninde hissediyorsa,

Soluğu bira ve nefret kokuyorsa kardeşinin, sesinde ve gözlerinde nesnesi belli olmayan bir öfke varsa, o zaman boyu kendiliğinden kısalırdı.

İçi katlanırdı çünkü, dizlerinin aşağıya çekildiğini hissederdi.

Evin bütün kapı pervazları çentik çentikti.

Sonra abla diye sarılıp ağlamaya başlardı kardeşi, nefretinden dolayı çok acı çekerdi.

Çok zor geçerdi öyle geceler.

Tamam yat uyu artık derdi.

Kardeşi bırakmazdı. Dizlerinin üstüne çöker, ayaklarını öperdi. Öper gibi yapmazdı, gerçekten öperdi. Ayaklarını kurtarmak isterse bu çile uzayacak diye öylece dururdu, çabuk bitmesini dilerdi. Kardeşi hızla terliklerini ve çoraplarını çıkarırdı, ayak bileklerinden sımsıkı tutardı, yaş içindeki gözlerini ayaklarına sürerdi. Ayaklarının üstünde çatlak dudaklarının pürüzünü hissederdi kardeşinin.

Affet beni abla diye ağlardı kardeşi.

Bazen sabaha kadar sürerdi bu bunalım.

Kardeşinin, aralıksız öptüğü ayaklarının üstüne kusmasıyla gece biterdi.

Müteahhit

Bahçelerinin iki buçuk metresini kendi arsasına katan hırsız müteahhit kırk iki yaşındaydı ama ellinin üstünde görünüyordu. Açık mavi gözleri fosforlu gibiydi, ürkütücüydü, kazıttığı kafası ayna gibi parlardı. Yerli mafya dizilerinden öğrenilmiş bir giyim tarzı vardı, yakaları dışarıda beyaz gömlek, kömür gibi siyah takım elbise, yaz kış güneş gözlükleri, bileğinde Oltu taşından bir tespih. Horozlanarak yürürdü. Sağ elinin işaretparmağının ucu yoktu. Uzun namlulu bir makinelinin tetiği koparmış diyen de vardı, marangozda çırakken makineye kaptırmış diyen de. Makineye kaptırmış olması akla daha yakındı ama müteahhit görünümlü koskoca mafya zamanında marangoz çırağı olarak çalışmış diye bilinmek istemiyordu. Partiliydi, il başkanıydı ama son kurultayda kaybetmişti başkanlığı. Yerine daha sinsi, daha renksiz, solucan gibi biri seçilmişti. Buna aldırmadığı, siyaset için daha fazla zaman harcamak istemediği konuşuluyordu şehirde. Aldırmaması doğru bulunmuyordu, başına bir gelecek var deniyordu.

Bir gün, daha inşaatın temelini atmadan, kepçe toprağı kazarken bahçelerinin bitimindeki uyduruk çiti tekmeleyerek yıktı, işçileriyle birlikte bahçelerine girdi.

Bahçelerinin bittiği yerde boş arsalar vardı eskiden, diz boyu ot yetişirdi. Birileri buralarda koyun otlatmaya başlamıştı, her sabah otuz-kırk koyunu arsaya salıyordu, akşam toplayıp götürüyordu. Evlerine kadar geliyordu koyunlar, duvar dibine diktiği roka maydanoz gibi yeşillikleri yiyorlardı. Bazen evin içinde zeytin taneleri gibi koyun bokları buluyordu.

Bahçeye giremesinler diye kontrplak parçalarından, sebze kasalarından, kırık dökük plastiklerden uyduruk bir çit yapmıştı.

Doğru dürüst bir duvar ördürsek ya demişti kardeşine, ben bile örerim briketten.

Kardeşi cevap vermeye tenezzül etmemişti, para işareti yapmıştı sadece. Haksız değildi, en az beş sıra briket, çimentosu, kumu, nakliyesi bayağı para tutardı.

Müteahhit bahçeye şöyle bir baktı, ileri geri yürüdü. Toprağı adımlıyordu. Aşağı yukarı iki buçuk metrenin bittiği yerde, toprağa ayağıyla bir çizgi çekti, işçilere bir şeyler söyledi, gitti. İşçiler birden hareketlendiler.

Kardeşinin çarşaflarını değiştiriyordu o sırada, yastığı yorganı güneşe sermek için pencereyi açmıştı. Müteahhidin bahçelerini çaldığını hemen anladı.

İşçiler müteahhidin ayağıyla çizgi çektiği yere briketten bir duvar ördüler. Bahçeleri birkaç saat içinde boydan iki buçuk metre küçüldü. İşçiler işlerini bitirip ortadan kaybolduktan sonra duvara gitti. Düşündüğünden daha yüksekti. Evden metreyi getirip ölçtü, 1,91'di. Burnunu dayayıp kokladı, çimento ve kum kokuyordu.

Akşam işten gelince kardeşine gösterdi. Müteahhitle konuşmasını istedi.

Kardeşi, yarın konuşurum dedi ama konuşmadı.

Bir avukata filan da danışmadı, hiçbir şey yapmadı. Birkaç kere, ne yaptın konuştun mu, bahçemizi geri verecek mi? diye sordu, cevap alamadı. Kardeşinin ikide bir elini beline atıp silahını gösteren müteahhitten korktuğunu anladı, üzüldü. Kardeşi sürekli ondan daha cesurmuş, daha güçlüymüş, daha akıllıymış gibi davranmaya çalışıyordu ama değildi.

Bir buçuk yıl sonra arka bahçeleri de güneş görmez oldu.

İnşaat bittikten ve apartmana yeni insanlar taşındıktan sonra müteahhidi bir bayram sabahı, namaz çıkışında kurşun yağmuruna tuttular. Kendisi öldü, iki adamı ağır, camiden çıkan bir kişi de hafif yaralandı. Kırk iki yaşında olduğunu o zaman öğrendi, televizyonda söylediler. Menfur bir saldırıya uğrayan eski il başkanı, kırk iki yaşındaki müteahhit dediler. Ekrandaki fotoğrafında herkese öyle üstten bakıyordu ki hiç ölmeyecekmiş gibiydi. Bir yerel kanal cami kapısındaki cesedini, cenazede göğsünü bağrını yırtarak ağlayan karısını, kameraya gülümsemekten kendini alamayan ergen oğlunu defalarca gösterdi.

Hırsız müteahhidin cenazesine kardeşinin de gittiğinden emindi, yerel kanaldaki cenaze görüntülerini dikkatle seyretti ama kardeşini göremedi. Demir doğramacıyla konuşmasına kulak misafiri olunca gitmediğini anladı, şaşırdı, sevindi.

Mezarlık çıkışında kıymalı pideyle ayran verdiler diyordu demir doğramacı, kıymanın da çoğusu biberdi.

Küçümsemişti, hatta sinirlenmişti. Koskoca müteahhidin cenazesinde "çoğusu" biber olan kıymalı pide yakışır mı? Aynı cümlenin içinde adamın ölümüne çok üzüldüğü de vardı. Ona göre müteahhit tam bir vatan evladıydı, mertti, cömertti, dindardı, mukaddesatçı ve milliyetçiydi, aslan gibiydi, memleket için büyük bir kayıptı.

Yalan söylüyor diye düşündü, memleket umurunda bile değil. Müteahhidin arka bahçelerinden çalarak yaptığı apartmanda oturuyordu, adamın inşaatlarının demir doğrama işlerinin kırıntılarını yapıyordu. İş kapılarından biri kapandığı için üzgündü.

Herkes ne çok yalan söylüyordu. Sürekli yalan söylüyorlardı. Karılarına, kocalarına, çocuklarına, akrabalarına, komşularına, patronlarına, çalışanlarına. Yakalandıkları zaman da utanmıyorlar, inkâr ediyorlar ya da yeni bir yalan söylüyorlardı.

Müteahhidi kimin öldürmüş olabileceğini konuştular sonra. Alacak verecek davası varmış dedi demir doğramacı. Öldürülmüş olmasını önemsemiyordu, kurşunlanarak öldürülmek ölmenin doğal yollarından biriymiş gibi konuşuyordu.

Duvarın arkasında, hasır taburelerde oturuyorlardı, bahçelerinin çalınan kısmında. Havadan sudan konuşmaya devam ettiler.

Derken sesleri uzaklaştı. Parmak uçlarında yükselip baktı. Biracıya gidiyorlar diye düşündü. Kardeşi geç gelecekti. Sigara kokusu yetmiyormuş gibi bir de pis pis bira ve patates kızartması kokacaktı yine.

Komşular

O sabah, kardeşinin haberini almadan önce komşular kahveye çağırdılar, gitti.

Çağırdıkları zaman giderdi. Hayır demek öğretilmemiş olduğu ve çocukluğundan beri kendisine söyleneni sorgusuz sualsiz yapmaya alıştığı için.

Ama asıl, gelmeyişini bahane edip kapısını çalmasınlar diye giderdi, onlardan hazzetmediğini, onları sevmediğini anlamasınlar, onlardan biri olduğunu düşünsünler diye.

Gittiğinde yapıvermesini isteyecekleri bir şey buluyorlardı mutlaka.

Şu bir kova suyu döküp balkonu yıkayıvermesini,
Şu halıyı dürüp kaldırıvermesini,
Şu dolabın en üst rafındaki tencereyi indirivermesini,
Hazır indirivermişken yıkayıvermesini,
Şu kahveleri yapıvermesini,
Şu ıspanakları iyice bir sudan geçirivermesini,
Giderken de çöpü atıvermesini.

İş istemelerinden şikâyetçi değildi, başkalarının işlerini yapmayı sorun etmezdi, hayatı on yaşından beri iş yaparak geçiyordu zaten.

İyi niyetliydiler, dayanışmacıydılar, yoksuldular. Onların hayatları da hiç kolay değildi. Sadece ondan iş istemezlerdi, birbirleri için de sürekli bir şeyler yapıverirlerdi.

Bugün sana yarın banacıydılar.

Komşu komşunun külüne muhtaçtırcıydılar.

Al gülüm ver gülümcü, kaşı sırtımı kaşıyayım sırtınıcıydılar.

Böyle olduklarını gizlemezlerdi, böyle olmaktan rahatsız değildiler.

Onlar hakkında böyle düşünüyordu, kardeşinin haberini almadan önce.

Komşularının isteklerini gölgeleşerek yapardı. Başta koyu renkli ince uzun bir leke gibi hissederdi kendini. İstedikleri şeyi yaparken solmaya başlardı, bitirdiğinde tamamen solmuş yok olmuş hayattan silinmiş olurdu. Hoşlanırdı bu silinmeden.

Hoşlanmadığı şey, üstüne düşmeleriydi. Kendisine fazladan ilgi göstermesinler diye varlığını oradan oraya akan, sessiz bir gölge haline getirmişti.

Yirmi küsur yıldan beri.

Çeşitli yollarla.

Sessiz kalarak, aptalmış gibi görünerek, gölgeleşerek, silinerek, solarak, kaybolarak. Böyle olması gerektiğini çok çabuk anlamıştı.

Bir gün elektrik süpürgesine kâğıt torba almak için evden çıktı. Doblo'sunda naylon eşya satan pazarcının karısıyla çocuklarının araba yıkadıklarını gördü. Oturdukları apartman sokaklarında yapılan ilk yüksek binaydı. Yedi katlıydı, en alt katında dört dükkân vardı. İnşaat başladığında fahiş fiyatlardan söz ediliyor, bu fiyatlara daire satılacağına kimse inanmıyordu. Binanın boş kalacağına iddiaya girenler bile olmuştu. Şehrin bu zavallı kenar mahallesinde oturmak için kim o kadar para verirdi ki? Belediye otobüsü bile saatte bir geçiyordu.

Sonra dairelerin çoğunun topraktan satıldığını öğrendiler, inşaat biter bitmez apartman doldu. Çok geçmeden yanına daha büyük bir apartman yapıldı, derken karşısına, derken öbür yanına. Sonra arka bahçelerini çalan müteahhit arka arkaya bina dikmeye başladı. Yıllar içinde mahallede tek katlı bahçeli kâgir ev kalmadı. Onlarınkinin dışında.

Kalabalık ve meraklı bir aileydi pazarcılar, sıcakkanlıydılar, mahalleliyle hemen kaynaşmışlardı. Herkesin yardımına koşarlardı, teklifsizce evlere girip çıkarlardı, ona çok gereksiz gelen bir samimiyet içindeydiler.

Doblo'larını apartmanın önüne çekmişlerdi o gün. Arabanın içi boy boy kova, leğen, maşrapa doluydu. Pazarcı yoktu, karısı, iki kızı ve dokuz-on yaşlarındaki tekne kazıntısı oğlu hortumu takmışlar, köpük köpük araba yıkıyorlardı. Önlerinden geçmesi gerektiği için huzursuz oldu, durup bakacaklardı şimdi ona. Ne zaman sokağa çıksa herkes ona bakardı, boyuna, kuruluğuna. Ayakları da büyüktü, ikide bir tökezlerdi.

Korktuğu oldu, önlerinden geçerken ayağı takıldı. Tam yere kapaklanacaktı ki pazarcının karısıyla kızları ay ay ay! diyerek kollarından tuttular. Ayak bileği çok fena burkulmuştu. Öyle canı yandı ki gözlerinden yaş fışkırdı.

Kadın ve kızları hemen kollarına girdiler, evine taşıdılar, anahtarını alıp kapısını açtılar, oturma odasına götürdüler, çekyata oturttular.

Buraya kadar iyiydi, minnettardı, hepsine çok teşekkür ediyordu.

Artık gitmelerini bekliyordu.

Ama gitmediler.

İlk kez geldikleri bu evde kendi evlerindeymiş gibi

rahat hareket ediyorlardı. Pazarcının karısı küçük kızına, git mutfaktan ... getir, ayağına koyalım da şişmesin dedi. Ne koyacaklardı ayağına, anlayamadı.

Kız mutfağa gitti geldi, yok dedi.

Buz?

O da yok.

Dokuz-on yaşlarındaki oğlan vitrin dolabını açmış, içindekileri karıştırıyordu. Annesi oğlana git bizden ... al getir dedi.

Oğlan hiç oralı olmadı. Kalın camdan yapılmış, kulplu, metal kapaklı bir bira bardağı çıkarmıştı vitrinden, içer gibi yapıyordu. Bu bardağı babasının bir arkadaşı Almanya'dan getirmişti. Üstünde Erdinger Weißbier yazıyordu.

Annesi kime diyorum! diye bağırınca bardağı elinden düşürdü çocuk.

Allahın cezası diye fırladı kadın, oğlana bir tokat attı. Oğlan vızıldar gibi ağlayarak çıktı gitti. Kadın küçük kızına döndü.

Sen getir dedi, Bengay'ı da getir, sürelim.

Küçük kızı gitti, bir paket donmuş bezelye ve Bengay'la geldi.

Kadının ne istediğini o zaman anladı. Dondurulmuş sebze bilmediği bir şey değildi ama satın almamıştı hiç.

Anne ve iki kızı bileğinin burkulması çok büyük bir olaymış gibi hareket halindeydiler. Büyük kız ayak bileğini saracak bir şey aramakla meşguldü. Vitrinin çekmecelerine, ikili kanepenin altındaki sepete, her yere bakıyordu, her şeyi rahatça karıştırıyordu.

İçeri gitti, annesinin gül desenli ipek eşarbıyla geldi.

Bu olur mu? dedi.

Kızın kendisine sorduğunu sandı, olmaz diyecekti tam, annemin o, hatıra, diyecekti.

Olur olur dedi kadın, ver.

Ayak bileğine Bengay sürüp annesinin ipek eşarbıyla sardılar. Kardeşinin yastığını getirdiler, bacağını kardeşinin yastığının üstüne yerleştirdiler. Kadın ve kızları iyi niyetle ona yardımcı olmak için çırpınırlarken ağzında kelimeler büyüyordu.

İstemiyorum, gidin, beni rahat bırakın demek istiyordu ama diyemiyordu.

İyiliğin kıymetini bilmemek nankörlüktü. Nankör görünmek istemiyordu.

O gün çok iyi baktılar ona. Elektrik süpürgesine kendi torbalarından birini takıp evi süpürdüler. Taze pişirdikleri kekten getirdiler. Sırtına minder yerleştirdiler, televizyonun kumandasını, bir sürahi suyu, ağrısı olursa diye bir kutu ağrı kesiciyi yanına koydular.

Cep telefonu yeni çıkmıştı o zamanlar, mahallede henüz kimsede yoktu, sabit telefonun yanında duran, babasının sağlıklı zamanlarından kalma deftere ev numaralarını yazdılar.

Bir ihtiyacın olursa çekinme, ara dediler.

Bezelye paketini de geri götürmediler.

Tavuklu pişir abla dedi pazarcının büyük kızı, daha güzel oluyor, hem tavuk kıymadan daha ucuz.

Hepsi gittikten sonra seke seke evi dolaştı. Mutfakta birkaç bulaşığın yıkanmış, buzdolabındaki patates yemeği tenceresiyle yoğurdun yerinin değişmiş olduğunu gördü. İçinde ne yemeği var diye tencereye bakmışlardı belli ki.

Hayatı küçüktü, dardı ama kendi elindeydi.

İçli dışlı olunca insanlar hayatını elinden alıyorlardı.

O zamandan beri uzak durmaya çalışıyordu insanlardan.

Kız kurusu

Acıyorlardı ona.

Ona da kardeşine de. Ama daha çok ona.

Kardeşi erkekti sonuçta, arada bir akşamları bira içmeye gittiği birkaç arkadaşı vardı, demir doğramacı mesela.

Bazen, tam bir işin ortasındayken, kardeşinin gömleklerini ütülerken ya da mutfak fayanslarındaki çatlakları ovarken hayatsız bir hayat yaşadığını düşündükleri için acıdıkları geliyordu aklına.

O zaman hayatını düşünüyordu.

Hayatsız hayatını.

Asıl evde kaldığım için acıyorlar diye düşünüyordu, uzun ve kuru olduğum için.

Kendisinden kız kurusu diye bahsettikleri kulağına ilk çalındığında otuz beş yaşındaydı, demir doğramacıyla karısının gülüşmelerinden çok önce. Unutmuyordu çünkü o gün hayatının ilk akıllı telefonunu almıştı. Komşular yeni yapılan lüks apartmanın teras dubleksine taşınan kadına güle güle oturuna gidiyorlardı, sokakta rastlaştılar, sen de gel dediler. Aklı telefonundaydı, bir an önce kurmak, şarj etmek, internete girmek, Youtube'da gezi videoları seyretmek istiyordu, işim var diye bahane buldu ama dinlemediler, koluna girip götürdüler.

Teraslı dublekste oturanlar iki çocuklu genç bir karıkocaydı. Adamın otoyolun üstünde büyük bir mağazası vardı, ünlü markaların outletlerini satıyordu. Komşuların söylediklerine göre ailesi çok zengindi, tarihî havuzlu çarşıdaki yirmi beş dükkândan on ikisinin sahibi adamın babasıydı. Kadın Boşnak'tı, anne babası savaşta ölmüştü.

Bunların hepsini iki adımlık yolda öğrendi. Teraslı dubleksi sıfır aldıkları halde baştan aşağı yeniden yaptırdıklarını, büyük oğullarının kolejin ana sınıfına başladığını, küçüğün henüz bebek olduğunu da.

Eve adım attıkları anda komşular evin zenginliği ve gösterişi karşısında haset dolu bir suskunluk yaşadılar. Ama kendilerini çok çabuk topladılar. Kendilerini çabuk toplamakta çok başarılıydılar. Fütursuzca her köşeyi gezdiler, terasa çıkıp yıllardır yaşadıkları şehri ilk kez görüyormuş gibi baktılar, güle güle oturun dilekleri yağdırdılar, Boşnak gelinin güzelliğine ve evine duydukları hasedi arkasından konuşmak üzere içlerine sakladılar.

Mutfakta geline yardım ediyordu, komşuların içeride sohbet ettiklerini duydu.

Genç bir ses, kız kurusu yapsın işte dedi.

Kimin sesi olduğunu çıkaramadı.

Diğerleri şştt duyacak diye kıkırdayarak fısıldaştılar.

Duysun ne var dedi aynı ses, evde kalmış işte, yalan mı?

İyice yükselen kıkırdamalarını bastırmaya çalıştılar.

Çok şaşırdı. O kadar şaşırdı ki, 21. yüzyılda değil miyiz yoksa diye düşündü. Kız kurusu tabirinin çoktan yürürlükten kalktığını sanıyordu, geçen yüzyılda kaldığını. Yine de ağırına gitti. Ağırına giden hakkında söyledikleri değil, o duymasın diye gülüşmelerini bastırmaya çalışmalarıydı. Gözleri yaşaracaktı neredeyse.

Çabucak dikleşti, adam sen de dedi içinden.

Hemen ardından adam sen de tabirinin de yürürlükten kalktığını düşündü, güldü.

Adaaam sen de!

Aklı telefonundaydı zaten, kullanma kılavuzu Türkçe değilse ne yaparım diye endişe ediyordu. İnternetten bakarım dedi aynı anda, tabii ki, internette her şeyin cevabı vardı.

Düşünceleri bir uçtan bir uca hızla atlardı.

Duyguları da. Yoğun ama dışarıdan anlaşılmayan.

Güldüğünü Boşnak gelin duymuştu, ondan kız kurusu diye bahsettiklerini de.

Yok mu biri? diye sordu.

Bu da bana acıyor diye düşündü, bu mutlu, bu şanslı, bu en hayatlı hayata sahip gelin de hayatsız olduğumu, öyle kalacağımı düşünüyor.

Sanki cevap vermiş gibi, sen de haklısın dedi gelin, evlensen bir dert evlenmesen bir dert. Kadının güzel yüzünde belli belirsiz bir acı gölgesi gördü, şaşırdı, içi acıdı.

Evlenmeyi düşünmüyordu.

Evlenip kardeşini yalnız bırakmayı aklından bile geçirmiyordu.

Zaten bir talibi de yoktu.

Umutları vardı, evlenmekle ilişkisi olmayan, ne olduğunu tam söyleyemediği, dünyaya ilişkin, dünyayı görmeye, dünyanın tadını tatmaya ilişkin umutlar.

Bir temeli yoktu bu umutların, inançtı sadece, bir gün gerçekleşeceğine inanıyordu.

İyilik ve kötülük

Annesinin zamanındaki komşular iyi insanlardı.

Şimdiki komşularının da iyi insanlar olduklarını sanıyordu.

Belki de değildiler, bilmiyordu.

Bir iyiliklerini görmemişti, gerçi kötülüklerini de görmemişti.

Kâgir evler birer birer yıkılıp yüksek apartmanlar yapıldığından beri komşular sürekli değişiyordu. Mülk sahibi olanlar iyi kötü yerleşikti ama kiracıların hayatı göçebelik gibiydi. Bir-iki kış oturup gidiyorlar, yerlerine yenileri geliyordu. Bazıları üç ay bile durmuyordu. Arkalarında ödenmemiş kira borçları, mal sahibi öfkeleri ve bir yığın dedikodu bırakıp kayboluyorlardı.

Teraslı dublekste oturanlar hakkında söylenenlerin hiçbiri, genç kadının Boşnak olduğu dışında doğru çıkmamıştı. Dairede kiracıydılar, söylendiği kadar zengin değildiler, adam outlet mağazasının sahibi değildi, babasının da tarihî havuzlu çarşıda dükkânı yoktu. Adam pek çok kişiyi dolandırdı, olmayan mallar sattı, karşılığı olmayan çekler yazdı, bir şeyler oldu. Bir gece yarısı taşınıp gittiler, karıkocayı da bir daha gören olmadı.

Kardeşi de kendisi de mahalleye yeni gelenlerle tanışma meraklısı değildiler ama komşuları meraklıydı. Sokakta markette apartman girişlerinde yeni taşınanların yoluna çıkıyorlar, tanışıyorlar, haklarında bilgi alıp kendileri ve diğerleri hakkında bilgi veriyorlardı. Teraslı dublekste olduğu gibi hikâyeler üretiyorlar, dinliyorlar, ağızdan ağıza yayıyorlardı.

Gelenler gidenlerden kardeşiyle ona duyulan acıma hissini devralıyorlardı, bir de yüksek apartmanlar arasında kaybolmuş tek müstakil yapı olan evlerine duyulan ilgiyi.

Garipti insanlar, sürekli üstlerine vazife olmayan şeyler yapıyorlardı.

Sürekli birbirlerinin işine karışıyorlardı.

Sürekli birbirlerinin arkasından konuşuyorlardı.

Her konuda fikir yürütüyorlar, en iyiyi kendilerinin bildiğini sanıyorlar, her zaman kendi söyledikleri yapılsın istiyorlardı.

Ama bunlar kötülük sayılmazdı, gerçi iyilik de sayılmazdı.

Ayağının burkulduğu gün pazarcının karısıyla kızlarının çevresinde pervane olmalarını iyilikten sayamıyordu. Tamam, iyilik vardı içinde ama hayatları mahallede merak konusu olan, babaları yeni ölmüş, kız olanı bir kadın için fazla uzun ve aşırı zayıf olan iki kardeşin evlerine girip hayatlarını karıştırma fırsatına iyilik demek istemiyordu. Ama iyilik diyemediği için de kendini kötü hissediyordu.

İyilikle kötülüğün nerede başlayıp bittiği konusunda kafası hep karışıktı.

Çocukken her iyiliğin içinde bir nebze de olsa kötülük olduğuna inanıyordu, bu yüzden tam bir saygı duyamıyordu iyiliğe.

Bu inanca nasıl kapıldığını bilmiyordu, ilkokul öğretmeni inandırmış olabilirdi. Doğru bilinen şeyleri tersine çevirmekten hoşlanan, tuhaf bir adamdı. Dört yıl okuttu onları, sonra öğretmenliği bıraktı, yurtdışına gitti. Yerine ikide bir rapor alıp okula uğramayan bir kadın geldi. İlk öğretmeni iyi yürekliydi. Severdi ilk öğretmenini.

İyi bir insan mıydı, kötü müydü bir türlü karar verememişti. Annesi hastalandığında sınıf arkadaşları, okuldaki diğer öğretmenler, hademeler, memurlar, okulun yakınındaki kırtasiyeci, simitçi, bakkal, hepsi ona ve kardeşine acımışlar, acıdıklarını çok merhametli bakışlarla ve başka yollarla, kimileri açık açık söyleyerek belli etmişlerdi.

Bir tek öğretmeni tutumunu değiştirmemişti. Ne daha iyi olmuştu ona karşı ne daha kötü. Neyse oydu, aynıydı. Bu tutumu şimdi iyiliğe daha yakın görünüyordu ona. Oysa o sırada ona acıyıp da sen ödev yapma demediği için kızıyordu.

Gençliği iyiliğin içinde kötülüğün de olduğu inancının pekişmesiyle geçti, çevresinde bu inancı güçlendiren bir sürü şey olup bitti.

Sonraları bunun başka bir şey, bir tür kibir olduğunu düşünmeye başladı.

Birine bir iyilik yaptıktan sonra kendini üstün hissetmenin verdiği bu doygunluk olmasa kimsenin kimseye iyilik yapacağı yoktu aslında.

Merhametin özü kötücüldü, bu yüzden maraz doğuruyordu.

Ama kibrin de sanıldığı kadar güçlü bir duygu olmadığı kanısındaydı. Çıkar kaygısına çabuk yenildiğini görünce anlamıştı bunu. Çıkar kaygısı ve kötücüllük kibri yeniyordu. Sarsılmaz olan kötücüllüktü, bazı insanların mayasında olan şey.

Dayısı buna örnekti. Dayısı yengesi ve çocukları onların evinden çıkmazlardı eskiden. Yazın her pazar gelirler, bahçeye yayılırlardı, ellerinde bir kap semizotu salatası ya da odun fırınından alınmış büyük bir ekmek, eniştesi de bir kangal sucukla iki kilo tavuk kanat alır artık.

Dayısı hayatta aileden daha değerli bir şey olmadığını söylerdi. Ama annesi hastalanınca uzaklaştılar. Yavaş yavaş, sezdirmeden, küçük küçük bahanelerle. Hastalık masraflı bir durumdu çünkü, evde ağır bir hasta varken insan maddi yardıma ihtiyaç duyuyordu.

Dedesinden sonra annesi de ölünce evi miras kaldı. Dayısı yeğenlerine haklarını vermemek için onlardan tamamen koptu. Yolda görse tanımazdan geliyordu artık. Önemsemiyordu zaten onları, konduğu mirasa tehdit olarak görmüyordu. Eniştesi tekerlekli sandalyeye mahkûm bir sakat, yeğenlerinin ne gücü var ki haklarını isteyecekler, biri on üç, biri on beş yaşında, bir büyüsünler bakalım, bir diklenecek yaşa gelsinler, o zamana kadar da kim öle kim kala zaten.

Kardeşi askerden döndüğünde bu konuyu konuştular.

Satmak isterse nasıl olsa hakkımızı vermeye mecbur olacak dedi kardeşi, hem yazık, dayım evsiz barksız kalmasın.

Nesine acıyorsun? Babamın cenazesine bile gelmedi demek istedi.

Ama kardeşi bir sigara yakıp bahçeye çıkınca bu tartışmanın bir sonuca varmayacağını anladı, uzatmadı.

Pazarcıyla karısı mal sahibiydiler, kiracı değildiler. Kızlarının ikisini de zengin birileriyle evlendirdiler, oğullarına çarşı içinde market açtılar. Yıllarca aynı apartmanda oturduktan sonra nehir ağzında yaptırdıkları villaya taşındılar.

Fazla meraklıydılar, gereksizce samimiydiler ama iyi insanlardı aslında.

Allah ve tanrı

Komşularının bazen sinsice dua ediyor gibi, daha doğrusu Allahlarını kandırmak istiyor gibi göründüklerini düşünüyordu.

Allahlarını kandırmayı düşünecek kadar aptaldılar.

Ama belki de onların Allah'ı aptal olmalarından memnundu, hatta aptal olmalarını istiyor olabilirdi.

Allah ile tanrının aynı şey olmadığı kanısındaydı. Tanrının dinsel bir tarafı yoktu, bir tür sezgiydi, gizli güç gibi bir şeydi. Uykusunun kaçtığı gecelerde, perdenin aralığından sızan ay ışığında varlığını hissettiği, onunla kelimeler olmaksızın konuşan bir tür enerjiydi.

Onu seven bir enerji.

Tanrısını kendi yaratmıştı, iyi anlaşıyordu onunla. Birine anlatsa, o biri tanrısının çocukların hayalî arkadaşı gibi bir şey olduğunu düşünebilirdi.

Çok daha fazlasıydı oysa.

Belki de öteki benliğiydi.

İçindeki kişi, çocuk olmayan.

Çocuk sevmiyordu, çocuk olmanın nasıl bir şey olduğunu bilmiyordu.

Allah ise bir törendi, kurallar bütünüydü. Salondaki

vitrinin en üst rafında duran Kuran mealinin, ibadetlerin, günlük hayattaki konuşmaların içinde yer alan, başı sonu belli olan, yaygın, güçlü bir fikirdi. Anne babasından ve kendini bildi bileli yaşadığı bu ortamdan öğrendiği Allah ile kendi kafasındaki tanrıyı bağdaştırmaya çalışmaktan yıllar önce vazgeçmişti.

Allah'a ibadet etmek için oruç tutardı, kendi tanrısıyla konuşurdu.

Tanrısına hayatından şikâyet etmezdi. Şikâyet etmenin de dua etmenin de hiçbir şeyi değiştirmediğini çok küçükken öğrenmişti.

Her şeyi anlatırdı tanrısına, içinden, sese dönüştürmeden. Gördüğü kadarıyla hayatın yer yer çok saçma olduğunu ve mesela insanların boş şeylere değer vermek gibi bazı davranışlarını anlamakta zorluk çektiğini.

Kömür

Mahallede herkesin evi kombiliydi, bir tek onlarınki sobalıydı.

Kömür yakıyorlardı, linyit kömürü. Kardeşi kömürü sonbahar sonunda alırdı. Geç kalırsa kasım soğuklarında üşürlerdi çok. Kardeşi hâlâ kömür almamış olmanın mahcubiyetini örtmek için inadına incecik gömlekle otururdu.

O kadar da soğuk değil derdi.

Kardeşi kendini kötü hissetmesin diye hırkasını çıkarırdı.

Tekrarlardı, o kadar da değil.

Kömür alana kadar sobada beş dakikada geçiveren çalı çırpı yakardı, arka bahçedeki gariban ağaçlarının kurumuş dallarını, dökülen yapraklarını. Sokakta tam yakmalık şeyler görürdü, kırık dallar, manav kasası artıkları, mukavvalar, almaya utanırdı.

Yirmi beş kiloluk torbalarda geliyordu kömür. Ameleye para vermemek için kardeşiyle birlikte kömürlüğe taşıyorlardı, güzelce istif ediyorlardı.

Sobaları dökme demirden yapılmıştı, sağlamdı ama çok eskiydi. En az kırk yıllıktı, belki daha fazla. Bu sobanın evlerine ne zaman girdiğini bilmiyordu.

Temizlemesi zordu, küllüğü küçüktü, her sabah külünün atılması gerekiyordu. Sobayı temizlemeye üşenmiyordu ama külünü çöp torbasına boşaltırken eli yüzü saçları kül içinde kalıyordu. Külle dolu torbayı çöpe atarken hafif bir şaşkınlıkla bakıyordu ona yoldan geçenler, bu devirde hâlâ kömür sobası yakan birini görmenin şaşkınlığıyla.

Yeni bir soba alsalar iyi olurdu. Çok pratik sobalar çıkmıştı, kovalı, şömineli, ısıyı daha güzel idare eden.

Bir gün internette soba fiyatlarına baktı, gözlerine inanamadı.

Resmen servet dedi kardeşine, doğalgaza mı geçsek artık?

Kardeşi duymazlıktan geldi. Birkaç gün sonra tekrarladı.

Biz niye doğalgaza geçmiyoruz? Kombiciye taksitle yapıyor musunuz diye sordum.. dedi ki---

Soba yakmaya üşenir mi oldun? diye sözünü kesti kardeşi.

Sözde sinirlenmişti ama sesi titremişti. Bir şey gizlediği zaman sesi titrerdi.

Evi satmak istiyor diye düşündü. Arsası düzgün olsaydı çoktan satmıştı da çok biçimsiz, satılmıyor. İyi de bana niye söylemiyor? Satma demem ki.

Et

Taşlığı süpürüyordu, rüzgârın getirdiği tozu çerçöpü. Köftecinin karısı sabah kahvesine çağırdı o sırada.

Gözleri yine kızarıktı kadının, robotta bir leğen soğan çekmişti.

Şu işimi bitireyim gelirim dedi.

Köftecinin köftesi hakkında çok dedikodu vardı mahallede. Kafa kıyması kullanıyormuş, hayvanın kulağını, burnunu bile koyuyormuş diyorlardı. Domuz veya at eşek eti demiyorlardı Allahtan, o kadar da vicdansız değildiler.

Kardeşi arada bir pazar günleri sanayiden çocuklarla maça giderdi. Maç günleri köftecinin arabası stadın girişinde dururdu. Sanayiden çocuklar adamın köftesine bayılıyorlardı.

Kardeşi çocuklara, bu adamın köftesini yemeyin, kıyması makbul değil dememek için arabaya yakın durmadığını anlatmıştı ona. Adamın ekmek parasıyla oynamak istemiyordu. Bu yüzden fazla baharatlı da olsa sucuk ekmek alıyor, köfteciye görünmeden stada giriyordu.

Bir gün elinde yarım ekmeğe köfteyle dibinde bitmişti köfteci.

Köfte ekmeği uzatmış, ye diye tutturmuştu. İkram ediyordu, köftesini bol koymuştu.

O gün yemeye mecbur kaldığını söyledi ama öyle tiksinmişti ki, maçtan çıkıp kusmuştu.

Sucuğun içinde hayvanın burnu kulağı yok diyorsun yani dedi kardeşine, atın eşeğin dili kıkırdağı yok, tavuğun tırnağı pençesi yok.

Günlerden pazardı. Kardeşinin kahvaltıda reçelli ekmek dışında bir şey yediği tek gün.

Kardeşi irkildi, önündeki sucuklu yumurta tavasını itti.

Var mı?

Bilmiyorum dedi, internetten bak.

Hocanım

Köftecinin evinin kapısı açıktı, soğan kokusu çıksın diye karısı açık bırakmıştı.

Hocanım başköşeye kurulmuştu yine. Din hocasıydı, parayla hatim indirirdi, ramazanda mukabele okurdu, haftada bir-iki gün şehrin bir yerine mevlide giderdi. Hoca sıfatının ona bu başköşeyi verdiğinden emindi, kendini mahalledeki herkesten üstün görüyordu. Gerçi komşular da buna çanak tutmamış değildiler. Sen böyle geç hocanım diye diye başköşeye alıştırmışlardı kadını.

Daha ilk tanıştıklarında kadında bir sahtekârlık hissetmişti. Acaba Kuran'ı gerçekten okuyabiliyor mu, uyduruyorsa kim bilecek diye düşünmüştü. Bir gün imam hatip mezunu genç bir kadın misafir yanlış okuduğunu fark edip sıkıştırınca din eğitimi almadığı, kendi kendini din hocası ilan ettiği ortaya çıktı.

O andan sonra komşuların hocanımı yetersiz bulmaya başladıklarını hissetti. Görünüşte saygıda kusur etmiyorlar, yine, sen böyle geç hocanım diyorlardı ama havada eksilen bir şey vardı, büyük bir şey. Son ramazanda mukabeleyi başka bir kadın idare etti. Hocanım azalan saygıyı sezmiş olmalıydı ki daha baştan, bu ramazan ben yokum hanımlar, teyze kızım oturduğu siteye çağırıyor demişti.

Komşular herkes gibi hocanım hakkında da dedikodu yapıyorlardı. Yalnız yaşaması, kocasını günahkâr olduğu için boşadığını söylemesi, ne tür bir günah olduğunu söylememesi merak konusuydu. Kadın eskiden falanca tarikattanmış, şimdi filanca tarikata geçmiş diye konuşmaya başlamışlardı son zamanlarda. Bu konuşmalarda imalı bir hava seziyordu, sanki bir çıkar ilişkisinin altını çiziyor gibiydiler.

Merak ediyordu ama sormuyordu.

Komşularına çok basit şeyler dışında soru sormazdı.

Soru sormak akıl belirtisiydi çünkü, bu belirtiyi göstermek istemezdi.

Hocanımın itibarı düşmeden önce bir gün, yine komşulardan birinin evinde sabah kahvesindeyken hocanım ona anne babasının ruhuna en son ne zaman hatim indirttiğini sordu.

Her gün herkesi mevlit, hatim diye darlardı.

Ama hoş görüyordu komşular, onun da geçim kapısı o diyorlardı.

Hocanım cevap beklerken kınayarak bakıyordu ona, bakışları ana babası için bir hatim indirtmeyen, hain evlat diyordu.

Çok kısa bir an durumu tarttı. Aslında yapabilirdi, hatim indirsin diye verecek parası vardı ama hocanımın bu hallerini sevmiyordu, hocanımı sevmiyordu.

Boş boş gülümsedi, sanki ne dediğini tam anlamamış gibi.

Sanki aptalmış gibi.

Gözlerini boşlukla doldurmayı ve aptal gibi gülümsemeyi iyi öğrenmişti.

Aptal olmak üzücüydü ama aptal görünmek özgürlüktü.

Tam kardeşim bilir, ona bir sorayım diyecekti ki bir komşu, hocanımın kulağına eğildi, başıyla onu işaret etti.

Bu biraz akılca durgundur, asıl kardeşine söylemek lazım diye fısıldadı.

Haaa.. dedi hocanım, tamam o zaman.

Komşu belki akılca durgun dememişti, başka bir kelime kullanmıştı hatta hiç ima etmemişti ama bir önemi yoktu. Ne düşündüklerini biliyordu.

Kesekâğıdı rengi

Köftecinin karısı onu mutfağa çağırdı.

Şuraya bir kutu lokum koymuştum, sana zahmet alıver de ikram edeyim dedi.

Sandalyeye çıkıp almaktansa kuru kızı çağır alsın diye düşündü ama bir şey demedi. İyi bir kadındı, severdi. Dolabın en üst rafındaydı kutu, uzanıp aldı.

Kadın lokumları tabağa dizerken hep böyle yukarılara saklıyorum dedi, bizim bunak ortada tatlı bir şey görmesin, hepsini yiyor, sonra hastanelik oluyor.

Bizim bunak dediği kayınpederiydi, Alzheimer hastasıydı. Birkaç kere kaybolmuştu, birileri bulup getirmişti. Her bulduklarında çıplaktı. Üstünü başını ceketini ayakkabısını alıyorlar, ihtiyarı dövüp bırakıyorlardı. Bazı insanlar gerçekten çok zalimdi.

Kadın lokum tabağını uzattı, at bir tane ağzına dedi.

Lokumlar fındıklı, şamfıstıklı ve güllüydü, pudraşekeri kaplıydı.

Lokum yerken muhasebecinin kızının kesekâğıdı rengi dediğini duydu. Nişanlıydı kız, gelin gideceği evi kesekâğıdı rengine boyayacaklarını anlatıyordu.

Kesekâğıdı rengini gözünde canlandırdı, hoşuna gitti, gülümsedi. Köftecinin karısı gülümsediğini görmedi.

Görse şaşırırdı, hepsi şaşırırlardı, komşular kendi kendine gülümsemesine alışık değildiler, gölgeye benzeyen varlığına alışıktılar sadece. O da başkalarının yanında kendi kendine gülümsemezdi zaten. Başkalarının yanındayken kendine hep dışarıdan bakardı. Elinde olmaksızın yapardı bunu.

Nişanlı kız kendini çok güzel, çok sevilesi, çok âşık olunası, öpücüklere boğulası, eller üstünde tutulası ve çok akıllı buluyordu, çok da zevkli olduğundan hiç kuşkusu yoktu.

Her halinden bu kadar emin olması çok gülünç geliyordu ona.

Kızın nişanını, nişanlısını, nişanlısının ailesini ve yakın bir gelecekte oturacağı evi övmesinden içi sıkıldı.

Benim çarşıya gitmem lazım diyerek kalktı.

Gitme diyen olmadı, nişanlı kızın hayalleriyle ilgiliydiler, nasıl bir gelinlik diktireceğini anlatıyordu.

Mutfakta kendi fincanını çalkaladı.

Kapı açık kalsın dedi köftecinin karısı.

Ev hâlâ soğan kokuyordu.

Eve dönünce oturma odasına alıcı gözle baktı. Duvarlarda renk kalmamıştı. Soba borusunun geçtiği yerler simsiyah kararmıştı. Kardeşinin zincirleme içtiği sigaraların dumanı oturduğu köşenin iki duvarını da sarartmıştı.

Ne kadar kirlenmiş diye düşündü, badana diye bir şey kalmamış. Farkına varmadığı için kendine kızdı.

Çok temiz titiz sayılmazdı ama pasaklı da değildi, gerektiği kadar temizdi. Eskiden evi günaşırı süpürüp silerdi, tozları haftada bir alırdı, vitrinde çok fazla ıvır zıvır vardı, toz almak uzun sürüyordu. On beşte bir camları, ayda bir iç kapıları silerdi, dış kapıyı her gün. Halı silmek hoşuna giderdi, ılık suya rendeleyip köpürttüğü beyaz sabunla, arkasından sirkeli soğuk suyla sildiği için pırıl pırıl parlardı halılar.

YouTube'da izlemek istediği video sayısı arttıkça evi üç-dört günde bir süpürüp silmeye başladı, evin temizliğinde bir eksilme olmadığını gördü.

Duvarda anne babasının düğün resmi asılıydı. Fotoğrafçıda çektirilmişti, arkada şelale manzaralı bir poster vardı. Poster çizik çizikti, fotoğrafçı çizikleri renkli kalemlerle boyamıştı anlaşılan ama renkler tutmamıştı, şelalenin fotoğraf olduğu daha çok belli oluyordu.

Annesinin gelinliği taçlıydı, pırıltılı tacının taşlarının dibinden tüller fışkırıyordu. Babasının gür bir bıyığı vardı o zamanlar ve damatlığını iri, bordo bir papyon tamamlıyordu. Resmin çerçevesi çok uyduruktu, özensizce yapılmıştı.

Resmi duvardan indirdi, anne babasına özlemle baktı. Bakarken bakarken şaşırdı, özlem duygusu kayboldu.

Annesini çocukken bulduğu kadar güzel bulmamasına şaşırmıştı, ortalama bir güzelliği vardı annesinin ve aslında annesine çok benziyordu. Onun da alt çenesi küçüktü ve güldüğünde dişetleri görünüyordu. Babası da pek öyle kendinden emin, hayatın iplerini sımsıkı elinde tutan bir adam gibi görünmüyordu. Kambur duruyordu, bakışları ürkekti, birileri her an ikisine de tokat atacakmış gibi bakıyordu objektife, kolunu annesinin omzuna atmıştı sözde ama çok eğreti çok zavallı duruyordu.

Hangisi doğruydu?

Babası sakat kalmadan önce de öfkesini kendi kendine yaşayan, ürkek ezik bir adam mıydı? Annesi pek de öyle ahım şahım bir güzelliği olmayan sıradan kadınlardan mıydı? Kendini mi kandırmıştı? Komşuların annesini çok güzel, kendisini çok çirkin bulmaları kendi uydurması mıydı, zihninin oyunu muydu, neydi?

Annesini güzel, babasını güçlü bulmasını sağlayan şeyin çocukluk olduğunu düşündü. Emin olmak için geçmişi hatırlamaya çalıştı ama uzun uzun düşünecek kadar gerekli bulmadı bu emin olma hissini.

Geçmiş geçmişti, bitmişti.

Resme baktığı birkaç saniye geçmişi yanlış kurguladığını anlamasına yetmişti.

Çekyatın dayandığı duvarda Çolak Çit Sistemleri diye bir şirketin aylık takvimi asılıydı. Her iki aya bir manzara resmi. Uzungöl, Abant, Ölüdeniz, Kapadokya, Pamukkale, Kız Kulesi. Kardeşi yılbaşından önce asmıştı ama yapraklarını çevirmemişti. Takvimin kapak sayfası, karlı bir Uludağ manzarası halinde duvarda duruyordu.

Takvim asmamıza gerek var mı? demişti eskisini alıp yenisini asan kardeşine.

Kardeşi hayretle bakmıştı, duvar boş mu kalsın? demişti.

İkisinin de akıllı telefonu vardı, insan geçmişi de geleceği de telefonundan görebiliyordu artık. Ama kardeşinin boşluklarla baş edemediğini düşündü, ısrar etmedi.

Bizim şirketinki daha güzel çıkarsa onu asarız dedi kardeşi.

Konunun o olmadığını söylemedi.

Anne babasının düğün resminin arkası temiz, ferah bir uçuk yeşildi. Evi en son ne zaman boyadıklarını hatırlayamadı.

Hatırladığı sahnede iki kardeş odanın ortasında dikilmişler, soba isinin kararttığı köşelere bakıyorlardı.

Tavanlar için merdiven lazım demişti kardeşine.

Gerek yok senin boyun yeter, diye dalga geçmişti kardeşi.

Komşulardan merdiven istememişlerdi, kimseden bir şey istemezlerdi.

Kardeşi ona yardım etmemişti, sadece boyaları alıp getirmişti o kadar.

Tavanı boyamak için masayı odanın ortasına çekmiş ama üstüne çıkınca eğilmesi gerekmişti. Babası ucuza çıksın diye evi alçak yaptırmıştı.

Annesinin sağlığında iki yılda bir mutlaka boyanırdı evleri. Alçakları annesi, yüksekleri babası boyardı. Her oda için farklı boya almak gerekmesin diye bütün ev tek bir renkti, uçuk yeşil. Sonra ara giderek açıldı, üç yılda bir, dört yılda bir, derken altı-yedi yılda bir.

Evi en son ne zaman boyadıklarını hatırladı. Kardeşinin bilgisayar aldığı yıl. Emindi çünkü kardeşi internet için kablo çekerken yepyeni boyaya acımamış çok kırıp dökmüştü.

Üstünden dokuz yıl geçmiş olduğuna inanamadı, dokuz uzun yıl.

O sıralarda bilgisayar oyunlarına fena sarmıştı kardeşi. Önceleri iş çıkışı çarşı içindeki büyük internet kafeye gidiyordu. Ama her akşam kıymalı yumurtalı iki pide yediği, oyun oynarken de bir sürü çay kahve içtiği için kafe çok masraflı olunca ikinci el bir bilgisayar aldı, eve internet bağlattı.

Sabahlara kadar oyun oynuyordu. Haftada birkaç gün hiç uyumadan, kan çanağı gözlerle işe gidiyordu. Bir keresinde ölüyordu neredeyse, uykusuzluktan dikkati dağılmış, elektrik çarpmıştı. Ucuz kurtardı ama çok korktu. Önce azalttı oyunları, sonra sıkıldı, tümden bıraktı.

Evde bilgisayar sehpasına yer olmadığı için koca aleti oturma odasındaki yemek masasına koymuşlardı, masanın yarısını kaplıyordu. Kardeşi kızıyor diye pek dokunmuyordu o zamanlar ama içi gidiyordu internete girmek için. Oyunlara meraklı değildi, dünyayı görmek istiyordu, gidemediği, gezemediği, göremediği dünyayı.

Kardeşi oyun oynamayı bırakınca bilgisayar ona kaldı. Evde günlük işlerini çabucak bitirip ekranın başına geçiyordu, akşam kardeşi işten gelene kadar YouTube'da ne kadar gezi videosu ve ilginç belgesel bulursa izliyordu. Akıllı telefon alınca o da bilgisayara elini sürmez oldu, sonunda aleti dolapta bir yere tıktılar.

Duvardaki her şeyi indirdikten sonra odanın ortasında durdu, yeşilliği kalmamış uçuk yeşile göz gezdirdi. Annesinin en sevdiği renkti, değiştirmemişlerdi. Hiçbir şeyi değiştirmemişlerdi. Yıllardır evdeki her şeyi onlara bırakıldığı haliyle sürdürüyorlardı.

Buzdolabı, yenisi alınmış olsa da aynı yerde, yemek masası aynı yerde, kömür sobası, rende, süzgeç, nevresim takımları, havlular, ayakkabılar hep aynı yerde. Babasının yatağı kardeşinin, kardeşinin yatağı onun olmuş sadece, yataklar da aynı yerde.

Pazar günleri hâlâ börek günüydü, kardeşi maça gitmiş olsa bile aynı saatte pişerdi börek. Ya mercimekli ya nohutlu ya patatesli ya da ıspanaklı. Kıyma pahalıydı çünkü. Artık kıyma almaya güçleri yettiği halde kıymalı börek yapmazdı.

Sanki mercimekli, nohutlu, ıspanaklı ya da patatesli yapmak bir zorunlulukmuş gibi.

Sanki bu düzeni bu şekilde sürdürmezlerse ölü anne babaları hesap soracakmış gibi.

Onlara hesap soracak hiç kimse yoktu oysa, istediğini yapabilirdi, duvarları istediği renge boyayabilirdi.

Odayı kesekâğıdı renginde hayal etmeye çalıştı. Gözünde canlanan resimden emin olmak istedi. Mutfakta temiz bir kesekâğıdı buldu. Getirdi, duvara dayayıp baktı, hoşuna gitti. Odayı boyamaya karar verdi.

Hemen o gün, kesekâğıdı rengine.

Nişanlı kız o kadar da zevksiz değilmiş.

Mart başıydı ve hava hâlâ çok soğuktu. Telefonunda hava durumuna baktı, yağış görünmüyordu, en yüksek beş, en düşük iki derece. Kot pantolonunu giydi, iki çift çorap giydi, kazağının üstüne hırka giydi.

Sokak kapısında kabanını, yarım çizmelerini giydi, atkısını boynuna doladı.

Kapıyı çekip çıktı.

Güzelce kilitledi, iki kere.

Annesiyle babasının yaşarken yaptıkları gibi.

Sanki eve hırsız girse çalacak bir şey bulabilirmiş gibi.

Ölmek zamanı

Annesi ölmek için çok gençti, henüz otuz altı yaşındaydı.

Ama öldü.

Ölümün yaşı yoktu çünkü.

Bir keresinde yeni evlenen bir komşularının bebeği ölmüştü, dört-beş aylık, belki biraz daha küçük bir bebek. *Uykuda Çocuk Ölümleri*. Baba birkaç hafta içinde bebeği ölmemiş, hatta hiç doğmamış gibi yaşamaya dönmüştü ama anne aylarca ruh gibi gezmişti. Sonunda boşandılar. Annenin köyüne döndüğünü, babanın tekrar evlendiğini duydular.

Annesi hastanede yirmi iki gün yattı.

Aslında yirmi üç sayılırdı, bir gece de morgda kaldı çünkü. Akşam öldü, hemen alıp morga götürdüler, ertesi gün öğle namazından sonra da gömdüler.

Ölüm saatine 21.10 yazmışlardı ama daha erken öldüğünden emindi.

Akşam yemeği yeni yenmişti, koğuşta bir sessizlik olmuştu, pek olmazdı, refakatçiler sürekli bir şeylerden şikâyet ederlerdi. Yatağın başucunda durmuş annesine bakıyordu elinde bir bardak su, bardağın içinde bir pipet. Su içirecekti ama annesi soluk almıyor gibi geldi. Elini tuttu, soğuktu, gözleri açıktı, ona bakıyor gibiydi, ürperdi.

Gözlerini kapat anne dedi, annesi kapatmadı, anne lütfen, öyle bakma.

Yok gibi bakıyordu, başka bir evrenden, uzay boşluğunda bir yerden bakıyor gibi. Gözkapaklarına dokundu, tık diye indirdi. Annesinin çoktan ölmüş olduğunu o zaman anladı.

Ama ne zaman?

Şimdi öldüğüne inanmak istedi, birkaç saniye önce. Ölürken yanında olduğuna inanmak istedi. Ama belki birkaç saat önce ölmüştü, bilemiyordu. Koğuştakilere saati sordu.

Saat kaç? Şu anda saat kaç? Saati söyleyin!

Kimse cevap vermedi, saatleri yoktu ya da onu sevmedikleri için söylemediler.

Koridora çıktı, ona buna sordu, sonunda bir hemşire söyledi.

Yediyi yirmi geçiyor, neden?

Hemşire geldi, annesinin nabzına baktı. Nöbetçi doktoru çağırdı. Bir şey yapmadı nöbetçi doktor, yapılacak bir şey yoktu. Hemşire beyaz çarşafla kaplı kalın kahverengi battaniyeyi annesinin üstüne çekti.

Annesinin başı geceye gömülür gibi battaniyenin altında kayboldu.

Sisin içinde gibiydi.

Şimdiki bilimin beyin sisi dediği unutkanlık, konsantrasyon güçlüğü gibi şeylerle ilgisi yoktu. Üstüne gerçekten sis çökmüş gibiydi, beyaz duman halinde bir sisti, renkler yarı yarıya azalmıştı, bugünkü fotoğraf aplikasyonlarında soldurulan görüntülere benziyordu her şey.

Görevliler başın sağolsun dediler, annesini alıp götürdüler.

Annesinin yatağına oturdu, dışarı baktı.

Kar başlamış dedi.

Refakatçi kadınlar da dışarı baktılar, şaşırarak ona döndüler. Kar yağmıyordu.

Annesinin son nefesini ne zaman verdiği aklını hep meşgul etti.

Ölü ile diri

Hastanede kaldığı yirmi iki gece sandalyede uyudu. Bazen yan oturup ikide bir göğsüne düşen başını sandalyenin arkalığına koyduğu koluna yasladı, bazen dizlerine doğru eğildi, sırtı yusyuvarlak oldu, eklemleri kaskatı kesildi. Sandalyeler boyuna göre çok alçaktı.

Kıştı, soğuktu, kaloriferler sabaha kadar yansa da uyurken kabanını üstüne örtüyordu. Annesi uyuyanın üstüne kar yağar derdi.

İlk dört-beş gün sabahları okula gideceği için refakate babası gelmişti ama koğuştaki kadınlar varlığından rahatsız olunca koridorda dikilmek, karısına kapıdan bakmak zorunda kalmıştı. İşten izin alıyordu gelebilmek için, sözlü izin, resmî izin almaya kalksa çok zor olurdu, birkaç günden fazlasını alamazdı zaten.

Okula gitmek istemiyordu, annesinin yanında kalmak istiyordu. Babası önce hayır gideceksin dedi ama sonra kabul etmeye mecbur kaldı. Aldığı izinler göze batmaya başlamıştı çünkü. Böylece okul saatlerini de annesinin yanında geçirmeye başladı.

İlkokuldan beri okuldan nefret ederdi.

Hiç okul arkadaşı olmamıştı. Öğrencilerin hepsinden uzundu, çoğu öğretmenden bile. Oğlanlar açık açık sataşırlardı, alay ederlerdi, kızlar yaratıkmış gibi bakarlardı ona, aralarına almazlardı. Yaratık sayılırdı gerçi. Öğretmenler nedense hoşlanmazlardı ondan, hoşlanmadıklarını göstermemeye çalışırlardı ama o hissederdi.

Dersler de çok sıkıcıydı, hiçbir derste hayal gücüne yer yoktu. Okula ruh mezbahası dendiğini duymuştu, nereden duyduğunu bilmiyordu, iyi biri mi kötü biri mi, nasıl biri olduğuna karar veremediği öğretmeni söylemiş olabilirdi. Birtakım yetkili yetişkinlerin genç ruhları hadım etmek için var güçleriyle çalıştıkları yerlerdi okullar.

Ama babası ikisinin de okumasını istiyordu.

Okuyun kendinizi kurtarın diyordu, bir meslek sahibi olun ki ele güne muhtaç olmayın.

Babasının okumaktan anladığı buydu.

Sandalyede yirmi bir gece uyudu aslında, yirmi iki değil.

Koğuşta yaşlı bir teyze vardı, bir akşam öldü. Bir hastanın refakatçisi bir bardak çayla bir dilim börek tutuşturmuştu eline. Minnettarlıktan gözleri dolmuştu teyzenin, elinden çay bardağı düşüp kırılınca anladılar öldüğünü. Herkes sıçradı, bir bağırış çağırış oldu, hemşireler koşuştu, birileri ölüyü alıp morga götürdüler.

Refakatçisi dışarı çıkmıştı, geldi, hastasını bulamayınca şaşırdı.

Yengen öldü dediler.

Nasıl yani, ne demek öldü?

Kadın yengesinin ölümüne üzülmek ya da akrabalarını aramak yerine ölüyü ona haber vermeden morga götürdükleri için olay çıkardı.

Bir sigaraya çıktım götürmüşler! diye bas bas bağırıyordu.

Kadının bir sigara içimi dışarıda olduğu konusunda

ısrar ettiğini görünce hastanın başında olmadığı üç saati açıklaması mı gerekecek acaba diye düşündü, kuşkulandı. Kadını mavi önlüklü teknisyenlerden biriyle kırıştırırken görmüştü, herhalde onunlaydı.

Hastane kadının sesiyle inliyordu. Kapılara tekme atıyor, pansuman arabasındaki kapları, enjektörleri, gazlı bezleri oraya buraya fırlatıyordu. Hemşire geldi, başhemşire geldi, nöbetçi doktor, hademeler, güvenlikçiler, hepsi geldi. Koğuştaki diğer refakatçiler de koridora çıktılar. Güvenlikçiler sinir krizi geçiren kadını güçlükle yakalayıp kollarından tuttular.

O sırada annesi yanına çağırdı onu.

Hemen teyzenin yatağına gir, uyu dedi.

Gözleri hayretle açıldı. Ölünün mü?

Ne olmuş ölmüşse der gibi baktı annesi.

Hadi çabuk dedi, gelirler şimdi, seni itip geçerler, konarlar yatağa. Bir gece bari doğru düzgün uyu.

Elini yastığa sürdü. Dokunduğu yere ölünün başını koyduğunu hissetmek istedi ama bir şey hissetmedi. Yastığı ters çevirdi sadece. Terliklerini çıkarıp yatağa girdi, yüzünü duvar tarafına döndü. Ölünün sıcaklığı duruyordu daha, yastıktan ölü kokusu değil, iyi bakılmamış yaşlı kadın kokusu geliyordu.

Ölüyü düşündü.

İyi ki yaşadım mı demişti teyzecik, yoksa keşke ölsem mi?

Öldüğü için memnun olup olmadığını merak etti.

Artık ölü oluşundan, ölü birinin soğumamış yatağında yatıyor olmasından beklediği kadar etkilenmemesine şaşırdı.

Uzun ve derin bir uykuya düşmeden önce ölü ile diri arasında bir fark yok diye düşündü.

Sonra öyle olmadı, annesi ölünce ölüyle diri arasındaki farkın bu kadar büyük olmasına öyle şaşırmıştı ki o da ölmek istiyordu.

Ulumak

Bir akşam rüzgâr fırtınaya çevirdi. Dışarıda her şey uçuyordu, rüzgâr pencere kanatlarını zorluyordu, ürkütücü bir ses geliyordu camlardan, sanki canlıymışlar da kardeşiyle onu tehdit ediyorlarmış gibi.

Kara çevirmezse iyi dedi babası.

Yemeğe oturdular. Oturma odasındaki büyük yemek masasında yiyorlardı yemeklerini. Mutfaktaki küçük masaya üçü sığmıyordu.

Kemikli nohut yemeğiyle yoğurtlu fiyonk makarna yapmıştı. On yaşından beri yemekleri o yapıyordu, mutfak alışverişini de. Babası mutfak masrafı için ilk para bıraktığında idareli harcamasını ama annesinin gıdasından kesmemesini söylemişti. Annesine köfte yapmak için kıyma alıyordu, annesi hiçbir şey yiyemiyordu, siz yiyin diyordu fısıltıyla, oturun kardeşinle, baban görmeden köfteleri yiyin bitirin.

Dinliyordu annesini, köftelerin çoğunu kardeşine yediriyordu.

Babasının üzülmesini istemiyordu, annem hepsini yedi, iştahı çok iyiydi bugün diyordu.

Kendileri için aldığı kemiklerin üstünde kemirilecek kadar bile et bulunmuyordu ama yemeğin suyuna lezzet veriyordu.

Babası nohudu kaşıklarken, sırf kemik alma bundan sonra, kemikli et al, hatta kemiksiz kuşbaşı al dedi.

Annesi öldüğüne göre evi büyütmeleri gerekmiyordu artık.

Babası kırk gündür mutfak masrafı için daha çok para bırakıyordu. O da kardeşi seviyor diye hazır puding alıyordu. Bir paket puding, üç bardak süt, karıştır, pişir tamam. Babası görürse parayı israfı mı ediyorsun? der, kızar diye korkuyordu, kâseleri dolabın en üst rafına, kap kacağın arkasına saklıyordu. Bir gün birini buzdolabında unuttu. Babası buldu, çekmeceden bir kaşık aldı, tadına baktı. Çok güzel olmuş dedi, bundan daha sık yapsana. Böylece gizli saklı olmaktan çıktı pudingler.

Muzlu pudingleri sofraya getirmişti ki elektrikler gitti. Aynı anda telefon çaldı, babasını işe çağırdılar. Şehre elektrik taşıyan direklerde fırtına nedeniyle arıza vardı, elektriksiz kalmıştı şehir. Babası geç gelirim, beni beklemeyin, yatın dedi, gitti.

Elektrik olmayınca yapacak bir şey de olmuyordu o zamanlar, şarjını dert edecekleri akıllı telefonları yoktu henüz, zaten çocuktu ikisi de. Mum ışığında biraz oturdular. Sonra hadi yatalım dedi, yattılar.

Kardeşiyle aynı odada yatıyorlardı, oda küçüktü, iki somyanın arası bir adım bile değildi. Annesi ilk hastalandığında sessizleşmişti kardeşi, ağzından tek kelime çıkmıyordu, babası dilsiz kalacak diye korkmuştu.

Abla elimi tutsana demişti bir gece.

Konuştu diye sevinmişti, elini tutmuştu, kardeşi öyle uyumuştu.

Ertesi gece de tutmak istemişti ama bu kez tutturmadı, yüzünü duvara döndü.

Kardeşi on bir yaşına kadar hemen her gece yatağına işedi. Her sabah kardeşi daha uyurken yatağına elini sokuyordu, ıslaklığı hissederse uyandırıyor, git banyoda üstünü değiştir diyordu fısıltıyla, kirlilerini sepete at. Babası işe gidince annesine sezdirmeden pijamasını çarşaflarını hızla yıkıyor, bahçeye annesinin görmeyeceği tarafa asıyordu.

Bilse çok üzülürdü annesi, kendini suçlardı.

İki yıl önce durmuştu bu gece işemeleri, kardeşi annesinin öleceğini kabullenmiş, bu duyguyla barışmış olmalıydı.

Fırtına durdu, rüzgârın zorladığı camların sesi kesildi. Kardeşinin ağladığını duydu, hıçkırıkları duyulmasın diye yüzünü yastığa bastırdığını anladı. Sanki on üç değil üç yaşındaydı. Yatağına girdi, sırtından sarıldı, kardeşi yüzünü ona döndü, çocuk gözlerinden yağmur gibi iniyordu yaşlar, ay ışığı gözyaşlarında parlıyordu.

Annemi çok özledim dedi.

Alnını öptü kardeşinin, ben de dedi, kısacık saçlarının başladığı çizgiyi, şakaklarını, hafif çilli elmacıkkemiklerini öptü.

Yatıştırmak, annesizliğin acısını unutturmak istiyordu.

Kardeşi ansızın hareketlendi, henüz tam gelişmemiş, hâlâ yarım memesini sıkıca tuttu, emmeye başladı. Çocukluk olduğunu düşündü bunun, anne özlemi. Usulca memesini kurtarmak istedi ama kardeşi bırakmadı. Ağzı doymak bilmeyen, başka bir canlı gibiydi. Üstüne çıktı. Cinsel organının hızla büyüdüğünü, kemik gibi bir hal aldığını hissetti, çok şaşırdı, aklı tutuldu şaşırmaktan. Kardeşinin eli donunu indirmeye, bacaklarını aralamaya çalışıyordu. Cinsellik hakkında pek bilgisi yoktu, annesi hastalığının iyiye gittiği zamanlarda bir şeyler anlatmıştı ama hızla büyüyen, nabız gibi atan bu sıcak kemik hakkında bir şey söylememişti. Dehşete düştü. Kardeşi her yerini koparırcasına ısırıyordu, bacaklarını, karnını tırmalıyordu, içine girmek için bütün gücünü kullanıyordu. Üstünden itmeye çalıştıkça gövdesinin ağırlığı artıyordu. Hayvansı bir sesle inliyordu, eliyle yüzünü bastırıyordu, bir parmağı gözüne girmişti.

Çakan şimşeğin ışığında göz göze geldiler.

Kendi gözlerindeki dehşetten çok daha büyüğünü kardeşinin gözlerinde gördü.

Kapana kısılmış vahşi bir hayvan gibi baktı kardeşi, o da kendine inanamıyor olmalıydı, kendini hızla yere attı, ulumaya başladı.

Bir yandan uluyor, bir yandan iki eliyle kendi yanaklarına tokat atıyordu, başını somyaya vuruyordu.

Sesi evin bütün duvarlarında yankılanıyordu.

Bir süre kardeşinin ulumasını dinledi. Kendi gözyaşlarının sıcaklığını, tırmalanmış berelenmiş yerlerinin acısını. Üstünü değiştirdi, çarşaflarını, her şeyi yıkadı.

Su akıyordu, gözyaşları akıyordu.

Kardeşinin uluması kulaklarından gitmiyordu.

Sabaha karşı babasının geldiğini duydu. Kapı açıldı, yavaşça kapandı. Babası banyoya girdi, işeme sesi, sifon sesi, su sesi. Babası yatak odasına gitti yattı.

Sabah kahvaltıyı hazırladı, babası kardeşini sordu.

Bilmiyorum, ben uyandığımda yoktu dedi.

Babası çok da önemsemedi oğlunun yokluğunu.

Bahçede olabilirdi, bakkala gitmiş olabilirdi, haylazlık peşinde olabilirdi.

Kahvaltı etmeden okula gitmesin, derslerini yapsın mutlaka dedi, işe gitti.

Gece yarısı olduğu halde kardeşi gelmeyince evden kaçtığını anladılar.

Saklanmak

Babası üç buçuk ay aralıksız kardeşini aradı. Önce yıllık iznini kullandı, sonra üç ay ücretsiz izin aldı. Birini aramak masraflı bir işti. Bankadan kredi çekti bunun için. Şehirdeki bütün karakollara gitti, hepsine ayrı ayrı kayıp duyurusunda bulundu. Hepsi kayıt alınmış zaten dediler.

Elektrik direklerine duvarlara ağaçlara, yerini bilen veya görenlerin şu numarayı aramaları insanlık namına rica olunur cümlesini içeren fotoğraflı kayıp aranıyor ilanları yapıştırdı. İlanı yazarken ağladı. Aynı ilanı yerel gazeteye de verdi, Takvim gazetesine de.

Kardeşinin son fotoğrafı ortaokula kayıt için çekilen bir vesikalıktı. Bir baktığında sevimli, haşarı, tatlı yüzlü bir çocuk görüyordu, bir baktığında ruhu uçmuş içi boşalmış tükenmiş bir varlık. Hangisinin kardeşi olduğunu bilemiyordu.

Babası kardeşini ararken hızla yaşlandı, olduğundan çok daha yaşlı görünüyordu artık, gözlerinde sürekli yaş parlıyordu.

Evden kaçan her çocuk İstanbul'a giderdi, kardeşinin de İstanbul'a gittiğini düşünüyorlardı. Babası kardeşini asıl İstanbul'da aradı. Emniyet müdürlüğünde yüksek makamda bir müdürle görüşebilmek için elektrik idaresinden önemli adamları tanıyan adamlara ricacı oldu.

Ricacı olduğu adamlar elektrik idaresindeki önemli adamlarla, önemli adamlar da yüksek makamdaki müdürle görüştürdüler.

Müdür babasına acıdı, birkaç polis görevlendirdi. Polisler kardeşini aradılar ve sonunda metruk bir binada, kimsenin aramadığı çocukların arasında, içine bali sıkılmış bir poşeti koklarken buldular.

Babası kardeşini eve getirdi.

Üçü sarılıp ağlaştılar.

O fırtınalı gece hiç yaşanmadı.

Birbirlerinin gözlerinde gördükleri dehşet beyinlerinin kıvrımlarından sızıp derinlere, en dipte bir yerlere yerleşmedi.

Kardeşi İstanbul'a kaçmadı.

Böyle şeyler olmadı.

Hayatta annelerinin ölümünden başka acı yaşamadıklarına inandılar.

Kardeşini ararken babası çok zayıflamıştı, iğne ipliğe dönmüştü, kaslarında güç kalmamıştı. Tevzi direğinden düştü, omurgası kırıldı.

Lise birdeydi o sırada, okulu zaten hiç sevmiyordu, hemen bıraktı.

Telefon

Telefonunda çok az kayıtlı numara vardı.

Kardeşinin cebi, işyeri, sucu, tüpçü, market, eczane, elektrik-telefon-internet arıza.

Bir de yemekçiler. Pideci, hamburgerci, dönerci, kebapçı, baklavacı.

Taksi durağının numarasını da kaydetmişti, taksi çağıracağından değildi, belki bir gün gerekir diye düşünmüştü. Her tarafa yüksek apartmanlar dikilince mahallede bir taksi durağı açılmıştı, korsan taksiler de durmadan mesaj gönderiyordu.

Komşuları ararlardı onu. Çaya kahveye gel derlerdi ya da benim ütü bozuldu, seninkini getirsene ya da çocuğu göndereyim de iki yumurta veriver, bizde kalmamış.

Hiçbirini kaydetmiyordu, telefonunda komşuların adını sanını görmek istemiyordu, zaten daha alo deyişinden kimin aradığını anlıyordu.

Numarasını kaydetmekten mutlu olacağı yakın bir arkadaşı da olmamıştı.

Sucuyla tüpçünün çırakları, marketin kasiyerleri, eczanenin kalfası sık sık değişiyor ama numaraları sabit kalıyordu. En çok sucuyla tüpçüyü arıyordu. Marketi aramasını gerektirecek bir durum olmuyordu pek. Kardeşini sık aramazdı, hele işyerinden hiç.

Yemekçileri kardeşi için kaydetmişti. Kardeşi evde yediği akşam yemeği hafif gelmişse mutlaka acıkıyordu. Hemen her akşam da yemek hafif geliyordu. Dışarıdan pide lahmacun veya döner hamburger söylüyordu.

Kardeşi yiyip yatıyordu, hazımsızlıktan uyuyamıyor, onu da uyutmuyor, soda istiyor, Talcid istiyor, televizyonu açıyor, bahçeye çıkıyor, dolaşıp duruyordu.

Çok sık oluyordu bu. Yemek istemezse tatlı istiyordu. Baklava, kaymaklı ekmek kadayıfı, kazandibi, şekerpare, fıstıklı sarma, sütlü Nuriye, bülbülyuvası, burma kadayıf, şöbiyet, dolama, revani, ayva tatlısı, kabak tatlısı, fırın sütlaç, bütün bütün bütün tatlıları seviyordu.

Bulaşık süngerini şerbete yatırsam onu bile yersin diyordu kardeşine.

Gülüşüyorlardı.

Ama pasta sevmiyordu kardeşi, hele meyveli pastayı tatlıdan bile saymıyordu.

Puding ikisinin de aklından geçiyordu ama adı geçmiyordu artık, fırtınalı geceden beri yapmamıştı.

Pastayı o seviyordu.

Pastanın hayatı güzelleştiren bir şey olduğu kanısındaydı.

Pastanın kendisini değil, hayatta böyle bir şeyin var olmasını seviyordu.

Pastanın vaat ettiği dünya erişilmezdi,

Mutluluk gerektiriyordu pasta yemek, iyi şeyler, hoş duygular, en azından sebep ya da insan. O dünyaya belki ben de bir gün erişirim diye çarşıdaki janjanlı pastaneyi de kaydetmişti ama hayat ona oradan pasta sipariş etmesini gerektirecek bir fırsat vermeyince numaranın varlığının içini acıttığını fark etti, sildi. Doğum günlerini kutlamayı bırakmışlardı, annesi ölünce.

Akıllı telefon

Doğrudan akıllı telefon aldı. Herkeste eski tip tuşlu cep telefonları varken telefon almaya ihtiyaç duymamıştı, sabit hat işini görüyordu. Ama akıllı telefonlar çok ilgisini çekmişti, onu bilgisayarın karşısına mıhlanmaktan kurtaracak olan şeydi akıllı telefon.

Bir sabah kalktı, kardeşini işe gönderdikten sonra yeni açılan elektronik mağazasına gitti. Çok büyüktü mağaza, iki katlıydı, birörnek giyinmiş genç insanlar çalışıyordu. Satıcı ucuz bir şey göstermeye kalkınca iPhone istediğini söyledi. Satıcı çocuk şaşırdı, tepeden tırnağa süzdü onu, bu garip yaratık mı iPhone alacak?

iPhone 5 çıkmıştı, Amerika'da 6'sı bile çıkmıştı ama henüz buraya gelmemişti.

Satıcı, buraya gelmesi en az bir yıl sürer dedi. O kadar sürmeyeceğini biliyordu, internette araştırmıştı ama bu çokbilmiş satıcıyla tartışmaya gerek duymadı.

iPhone 5 fazla pahalı geldi, o kadarına da gerek yok diye düşündü, 4S aldı, kredi kartına on iki ay taksitle.

Akşam evde telefonunu gösterdiğinde kardeşi gözlerine inanamadı. Cesaretine şaşırmıştı, cep telefonlarının en ilkelini bile kullanmadan en karmaşığını alma cesaretine.

Gizlemediği bir kıskançlıkla, bunu nasıl kullanacaksın, bilmiyorsun ki dedi.

Öğrendim bile, çok kolay.

Telefonuna indirdiği Facebook hesabından kardeşinin duvarına gülücük attı.

İkisi de Facebook'ta eskiydiler, evdeki köhne bilgisayar uzun zamandır sadece bu işe yarıyordu. Kardeşi hayretle ona bakarken bir video açtı YouTube'da. *Bir Gezginin İzlenimleri.* Takip ettiği biriydi, dünyanın çok ilginç yerlerine giden, çok ilginç şeyler anlatan, sıcak ülkelerde renkli kasketler, soğuk ülkelerde renkli bereler takan, neşeli, genç bir adam.

Çekyata uzandı, telefonundan gezginin yeni videosunu seyretmeye başladı. Arjantin'in ucuna yolculuk yapıyordu gezgin. Tierra del Fuego'ya.

Tierra del Fuego ateş toprakları demekmiş, buranın neresi ateş toprakları kardeşim? Buz buz! diyordu gülerek, arkadaki buzulları gösteriyordu, az ötesi Antarktika.

Bölgenin hikâyesini anlatan gezgini izlerken gözucuyla kardeşine baktı, yüzünde belli belirsiz bir korku gördü. Akıllı insanlara duyulan türden bir korku. Kıskançlığın yerini almıştı.

O gece tanrısına bunun çok hoşuna gittiğini itiraf etti.

Kardeşi akıllı telefon almasına şaşırmıştı, komşular ise şok geçirdiler.

Şok geçirmelerinin nedeni akılca durgun olduğuna ilişkin asılsız bir söylenti yayılmış olan kuru kızın akıllı telefon kullanma yetkinliği değil, telefonun fiyatı ve bunu alabilecek güçte olmasıydı. Hele mahallede ilk iPhone alan kişi olması hazmedilir gibi değildi.

Bunu hazmedilir hale getirecek hikâyeler uydurmaya çalıştılar.

Telefoncu güya bunu kandırıp zorla satmışmış, kardeşi geri götürmüşmüş ama telefoncu geri almamışmış.

Telefon aslında kardeşinin patronununmuş da adam yurtdışından daha iyisini getirtince eskisini bunlara vermişmiş. Arada bu kuru kız kardeşinden alıp mahalleliye hava atıyormuş.

Bir mağazanın çekilişinden çıkmışmış, şans buna gülmüşmüş işte, şansın kime güleceği hiç belli olmazmış.

Hiçbiri ikna edici olmadı, bir iPhone alabilmiş olmasını mecburen kabullendiler.

Çok geçmeden akıllı telefonlar yaygınlaştı, herkesin iyi kötü bir akıllı telefonu oldu, böylece onunki komşuların gündeminden düştü.

Evlenmek

Boya almak için mahalledeki nalbura gitti.

Kesekâğıdı mı? Bizde kesekâğıdı ne arasın.. dedi, ölmesine çeyrek kalmış nalbur, oturduğu yerden kalkmadan. Müşterinin eli boş çıkmasını umursamadığına göre ya dükkânın sahibi değildi ya yaşlılıktan iyi işitmiyordu ya da aptalca bir espri anlayışı vardı.

Kâğıt değil amca dedi, duvar boyasının renginin adı.

Nalbur öyle boş bakıyordu ki uzatmadı.

Telefonunda Google Maps'e nalbur yazdı. Bir sürü yer çıktı. Şehrin ta öbür ucunda olanı seçti. Ercan Yapı ve İnş. Malz. Tic. San. Paz. falan filan. Oraya gitmek için otobüse binmesi, inince de epeyce yürümesi gerekiyordu. Şehrin daha önce ayak basmadığı bir tarafıydı. Yine de orayı tercih etti, adı bu kadar uzun olduğuna göre çeşit çoktur diye düşündü.

Yanılmamıştı, tahmin ettiğinden çok daha büyük çıktı dükkân. Nalbur denmezdi zaten, inşaat malzemeleri mağazasıydı. İçi dışı tıklım tıklım doluydu. Mağazanın önünde boy boy küvetler, lavabolar, klozetler, tuvalet taşları duruyordu. Bahçenin bir köşesinde yer karolarından, mozaiklerden bir yığın vardı. Yan tarafa laminat parke paketleri yığılmıştı, hayattan bezmiş gibi görünen bir adam bunları büyük bir kapalı kasa kamyonete taşıyordu. Ön cepheyi kaplayan camekân vitrifiye malzemesiyle doluydu. Bataryalara, banyo aynalarına, aydınlatmalara bakarken bunların komşularının bayılacağı türden olduğunu düşündü. Hepsi de çok gösterişli ve çok çirkindi.

Kendine yeni, temiz bir ev hayal etti, ferah bir apartman dairesi.

Fazla parlak göründü gözüne, tertemiz yerler, tertemiz duvarlar, yer gök fayans-çelik-seramik pırıltısı, aşırı parlak.

Başka bir ev hayal ederken evi küstü sanki.

Alçak tavanlı, camlarının macunları dökülmüş, rüzgârın içeride estiği evleri. Mutfak dolapları düştü düşecek, banyosundaki elektrikli termosifonun ben buraya ait değilim diye bağırdığı evleri. Muşamba yırtıklarının arasından kararmış zemin tahtaları görünen, yıllar içinde nemin kalın ateş tuğlasından örülmüş duvarlarını küçük küçük kemirdiği sağlam evleri.

Acılarını gömdükleri, acılarını dokusuna sindirdikleri, hayatlarının çok az sayıdaki güzel günlerini, mesela güzel bayram sabahlarını yaşadıkları evleri.

Kardeşinin öldürülen müteahhidin işlerini devralan ortağıyla konuştuğunu biliyordu. Komşular hemen yetiştirmişlerdi.

Kardeşin müteahhitle konuşmuş, evinizin satılması an meselesi demişlerdi.

Müteahhit kardeşini inşallah kandırır da bir daire bile vermez şeklindeki dileklerini seslerine yansıtmamaya çalışarak, kardeşine söyle iyi pazarlık yapsın, en az iki daire istesin demişlerdi, kardeşin evlenince birinde oturur, öbüründe de sen oturursun.

Şaşırdı. Kardeşi evlenecek miydi? Hayatında biri mi vardı? Ondan gizliyor muydu?

Bir akşam sordu. Doğrudan soramadı, lafı oraya getirdi. Yemek yiyorlardı. Kardeşi demir doğramacının kuyruğuna takılıp biracıya gitmesin diye mantı açmıştı. Kardeşi çok severdi mantıyı, ölürdü mantı için.

Muhasebecinin kızı sözlenmiş. Sözlüsü otoyolun üstündeki özel hastanede röntgen teknisyeniymiş. Yakında nişanı olacakmış. Düğün için damat evlerinin bitmesini bekleyelim diyormuş. Arsalarına apartman yapılıyormuş, müteahhitten dört daire koparmışlar. Damadın babası birinde bunları oturtacakmış.

Kardeşi hayretle baktı, onun bu tür şeylerden söz etmesine alışık değildi.

Yani? dedi.

Ben bu saatten sonra evlenmem de.. sen niye evlenmiyorsun? Yok mu bir kız?

Acı baktı kardeşi, biraz alaycı ama çokça acı. Kırmak-üzmek-incitmek-acıtmak-delmek-deşmek-oymak-kanırtmak isteyerek,

Sen olmasaydın evlenirdim dedi.

Çok dokundu bu söz ona.

İçine oturdu.

Yüreğinin üstüne dev bir kaya çöktü.

Asıl sen olmasaydın ben evlenirdim demek istedi, sustu.

Kardeşi kahveye gidecekti, televizyonda milli maç vardı, son lokmasını ağzına tıktı aceleyle, kalktı kapıya gitti. Çıkarken, bu saatten sonraymış.. kim n'apsın seni.. diye mırıldandı.

Bunu da duydu.

Yüreğindeki kaya iki katına çıktı.

Renkler

Mağazada birkaç müşteri vardı, ellerindeki uzun listelere bakarak bir şeyler istiyorlardı. Belli ki önemli müşterilerdiler, birileri onlar için koşuşuyordu, raflara merdiven dayıyorlar, tepelerden ürünler, malzemeler indiriyorlardı.

Boyaların önünde duran tezgâhtara gitti.

Tezgâhtar ona bakmadan bir saniye dedi kayboldu.

Sabırla bekledi. Herkes meşguldü, herkes koşturuyordu. Patron tipli bir adam ortalıkta gerine gerine yürüyordu. Çalışanların adamdan ödünün koptuğu belliydi.

Nihayet tezgâhtar boya bölümüne geri geldi.

Kesekâğıdı renginde, üç buçuk kiloluk, su bazlı iç mekân boyası istediğini söyledi. Tezgâhtar önce hayretle ve gülmesini zor bastırarak boyunun uzunluğuna baktı, herkesin her zaman yaptığı gibi.

Ne dedin ablacım? dedi kafasını toplamaya çalışarak.

Su bazlı iç mekân boyası. Üç buçuk kiloluk. Kesekâğıdı rengi olacak.

Kendine mi?

Kendime.

Nere için? Oda salon koridor?

Evlerinde salon yoktu, oturma odası vardı.

Salon dedi.

Tezgâhtar ne istediğini bilen müşterilerden hoşlanmıyor olmalıydı ki kesekâğıdı renginin modasının geçtiğini söyledi. Bir yığın kartela açtı, kendince daha uygun renkler gösterdi.

Ablacım bak lületaşı, çamfıstığı, mantar beji, fildişi, kumtaşı, kehribar, badem içi, kırık beyaz, kırık inci, deniz kabuğu, damlasakızı, samur, mahlep, ekru, tirşe, traverten. Bunlar salona daha iyi gider, daha geniş gösterir. Yok bunları istemem diyorsan kombin yapmanı tavsiye ederim, ılık maya var, ıhlamur var, hareli bej, papatya, vanilya, bal buğusu, bal köpüğü, serin lila, istiridye, çiğ çavdar, kavruk çavdar, açık başak, açık şampanya, açık somon, açık leylak, koyu başak, koyu şampanya, koyu leylak, yavruağzı, camgöbeği, buz beyazı, zeytinyağı, keten tohumu, bahar dalı, kil yeşili, Nil yeşili, nohudi, su yosunu, mermer tozu, kuşburnu, mine, romantik beyaz, elegan beyaz, tozlu kadife, devetüyü, açık pudra, koyu pudra, kemik, çağla, melisa, lavanta, kırağı, meltem, limoni, şifon, mor menekşe, mürdüm, turunç, esmer şeker, günbatımı, bağbozumu, atlas, amber, tarçın, tütsü. Şimdi bunları kombinlemek çok moda. Açıkla koyuyu koy yan yana, ne kadar zengin duruyor göreceksin, yerden bir metre kadar koyu boyayacaksın, üstünü açık. Vanilyayla mor menekşe mesela yahut serin lilayla günbatımı. Gri düşünürsen açık duman olur, toz duman olur, sabah sisi olur, kurşuni, lodos grisi, yeni çağıl, Salda kumu, buz gümüşü, gelin teli, küllü gri, yalın beyaz, rıhtım, taflan, yakamoz. Bunlara kombin için antrasit verebilirim, füme, kömür, koyu gece verebilirim. Bunlar hep yeni renkler ablacım, daha kimsede yok. Kristal, meteor, ay tozu, kozmos, açık krom, koyu krom bunlar sana gitmez, onlar daha modern evler için. Sen bunlardan birini seç. Kesekâğıdı koyu kaçar, salonunu küçük gösterir.

Rir rir rir. Rar rar rar.

Dinlerken adamın bütün bu renk adlarını ezberden saymasını çok takdir etti, gerçi gözucuyla kartelaya bakıyordu ama yine de takılmıyordu. Moderen'deki ikinci e'nin fazla olduğunu biri söylese keşke diye düşündü.

Boya firmasında renklere ad vermenin kimin işi olduğunu merak etti. Rengi bulan kimyager verebiliyor muydu mesela? Bu rengi ben buldum, adı sarman olsun, yasemin olsun, patates olsun diyebiliyor muydu?

Tezgâhtar saydığı renklerden birini bir türlü seçememesini, şu mu olsun bu mu olsun, yok şu olsun hayır bu olsun demeye başlamasını bekliyor gibi bakıyordu. İşinin en sevdiği kısmı buydu herhalde, müşteriye sonunda kendi önerdiği rengi satmak, ne kadar zorlanırsa o kadar tadı çıkıyordur.

Dümdüz gözlerine baktı tezgâhtarın.

Kesekâğıdı dedi, üç buçuk kiloluk, su bazlı.

Adamın canı sıkıldı.

Ablacım anlattım, kesekâğıdının modası geçti, hem salonu---

Beyim öyle istiyor diye sözünü kesti, kararlılıkla.

Beyin?

Beyim.

Tezgâhtar şaşırdı. Evli olduğuna inanamıyordu ya da kocasının boyunun ne kadar olabileceğini kestirmeye çalışıyordu.

Öyle söylesene yenge dedi.

Kartelayı çekmeceye attı. Depodan üç buçuk kiloluk boyayı getirmeye gitti.

O sırada telefonu çaldı, kayıtlı olmayan bir numara.

Kalp

Telefonunun zil tonunu her sabah değiştiriyordu. Güne hoş bir başlangıç oluyordu ton seçmek. Bugün canlandırma olsun ya da dalgacıklar, kristaller, doruk, zirve, ışıltı. Gece kuşunu, sahildeyi, takımyıldızını, klasiklerden marimbayı ve çan kulesini daha sık tercih ediyordu.

Telefonunu çaldıracak kimsesi yoktu ama kayıtsız numaralar vardı, internet hattı, tüketici kredisi, dijital platform, hattını ille de bize taşı diyenler. Telefonunun çalmasını biriyle konuşmak istediği için değil, zil tonunu duymaktan hoşlandığı için istiyordu, çaldığında çoğu zaman açmıyordu bile.

O sabah teneffüsü seçmişti.

Tezgâhtarın boyayı getirmesini beklerken telefonu ısrarla çalıyordu. Satıcı veya banka numarası değildi, onlar genellikle 0850'yle başlıyordu. Bu 0542'li bir numaraydı.

Açsam mı açmasam mı diye düşündü, sonunda açtı.

Arayan bir kadındı, sesi üzgün geliyordu. Kardeşinin hastaneye kaldırıldığını söyledi.

Öldüğünü hemen anladı, inşattan mı düştü? dedi, elektrik mi çarptı?

Kadın, hayır kalp krizi geçirmiş dedi.

Bir sessizlik oldu, birkaç kez karşılıklı alo dediler, telefon kesildi.

Kadına kim olduğunu soramamıştı. Hemşire olabilirdi, belki de kardeşinin çalıştığı şirketten biriydi, patronun sekreteri mesela.

O sırada tezgâhtar boyaları getirdi, tavan için beyaz, duvarlar için kesekâğıdı.

Yine otobüse binip eve döndü. Boyaları otobüse kadar elde taşımak bayağı yorucu olmuştu. Yolda başka bir kayıtsız numara aradı, açmadı.

Otobüste telefonla konuşmazdı. Kimseyi rahatsız etmek istemediğinden değil, bir de konuşarak dikkat çekmemek için.

Ev ve ölü

Dev ötesi nalburdan bir de beşli boyacı seti almıştı. Rulo fırça, badana fırçası, kenarlar için kestirme fırçası, pervazlar için enli kâğıt bant ve yere sermek için naylon. Ne istediğini bilen müşterileri sevmeyen tezgâhtar boyaya yarı yarıya su karıştırmasını söylemişti ama adama güvenmiyordu. İnternetten baktı, iki buçuk litreye yarım litre su öneriliyordu, güvenmemekte haklıydı.

Boyaya önerilenden de az su kattı, boya koyu oldu, güzel oldu. Soba tutuşturduğu çalı çırpının uzunlarından biriyle boyayı karıştırırken kafasının içinde fırtınalar esiyordu.

Kardeşi ölmüştü.

Kalp krizinden.

Elektrikçilerin iş kazalarında ölmeleri yaygın değildi. Diğer insanlar gibi kalpten, şekerden, kanserden, trafik kazalarından filan ölüyorlardı daha çok. Babası tevzi direğinden düşmüştü, sakat kalmıştı, bu da yaygın değildi. Kardeşi de yüksekten düşecek, öyle ölecek diye düşünüyordu. Mümkündü çünkü, kardeşi yükseklerde çalışmak için çok kiloluydu. Ama öyle olmamıştı, kalpten ölmüştü.

Odadaki bütün eşyayı ortaya çekti. Küçücük odada ne çok eşya vardı, adım atılacak yer yoktu. Yemek masası, çekyat, koltuklar, sehpalar. Sandalyeleri kardeşinin odasına götürdü. Halıyı kaldırmaya üşendi, kenarlarını katladı. Annesinin zamanından kalan vitrini çekmeye kalkmadı. Alındığı günden beri aynı yerde duruyordu bu kalın-ağır-koyu renkli mobilya, arkası hiç boyanmamıştı. Naylon örtüyü çekyatla koltukların üstüne serdi. Evde duvar diplerine serecek gazete yoktu.

Babası hayattayken vardı. Babası gazete çağının insanıydı, sakat kalmadan önce her gün mutlaka bir gazete okurdu. Tekerlekli sandalyeye mahkûm olunca oyalansın diye ısrarla gazete alıyordu ama okumuyordu babası, bazen bir göz atıyordu sadece. Babası ölünce gazete almayı kesmişti.

Boyayı dikkatli sürebilir, damlarsa da hemen silebilirdi.

Sobanın olduğu köşe zor olacaktı biraz, borular çok sıcaktı. Keşke sabah kömür atmasaydım diye düşündü, şimdiye ateş geçmiş, borular soğumuş olurdu.

Tüplü televizyon vitrinin tam ortasında duruyordu. Görüntüsü bozulmuştu, her şeyi çok kırmızı gösteriyordu. Kardeşi aybaşında yeni bir televizyon almaya karar vermişti, akıllı televizyon alacaktı, internetli olanlardan. Maç seyretmek için kahveye gitmiyordu artık. Kahve el değiştirmişti, yeni sahibi bedavaya seyrettirmem diyordu, maç sırasında bir şey içmeyenleri kahveye almıyordu, içenlere de iki kat hesap yazıyordu. Akıllı televizyon alınca maçları gösteren platformlara da üye olacaktı.

Güzel kampanyalar var demişti, platformlar da o kadar pahalı değil.

Kardeşi öldüğüne göre yeni televizyon alınmayacaktı.

Önce tavanı boyadı, ışıldadı tavan, sonra duvarlar. Sobanın arkasını en sona bıraktı. Kardeşini düşünürken duvar diplerinde birikmiş tozlar dikkatinden kaçtı, toz pamukçukları boyaya karıştı, boya yer yer pütürlü oldu, biraz canı sıkıldı buna. Neyse ki pütürlü kısımlar alttaydı, görünmüyordu.

Bu boya badana işine niye giriştiğini bilmiyordu, kesekâğıdı renginin büyüsüne kapılmıştı, hiç gereği yoktu. Ama başlamıştı bir kere, bitirecekti.

Kardeşi sabah makineyle sakallarının üstünden geçmişti. Ülkedeki erkeklerin ezici çoğunluğu gibi o da kirli sakallıydı. Patronu da kirli sakallıydı ama patronun sakallarının hatları kalemle çizilmiş gibiydi. Elmacıkkemiklerini ve şakaklarını, kaşlarının üstünü ağdayla aldırıyor olmalıydı, başka türlü bu kadar düzgün olması mümkün değildi. Esmerdi patron, yakışıklıydı ama güvenilmez biri gibi duruyordu, gizli hesapları olan biri gibi.

Kardeşi kıl kesiklerini lavaboda bırakmıştı. Böyle yapmazdı aslında, hiç olmazsa üstünden bir su akıtırdı, topakları almayı ona bırakırdı.

Lavaboda kardeşinin sakal kesikleri de olmayacaktı artık.

Kesekâğıdı rengi güzeldi, dolgun gösteriyordu evi,
Sanki çok güçlüymüş gibi,
Sanki asla yıkılmazmış gibi,
Sanki dışarıdan hiçbir tehlike gelemezmiş gibi.

Duvarları boyarken perdelere sıçramamasına dikkat etti. Tülleri toplamamıştı. Evde olduğunun görülmesini istemiyordu. Tülleri kalındı, ışık yakmadıkça içeriyi göstermiyordu.

Eskiden babasının, babasından önce annesiyle babasının olan kardeşinin odasını da boyayabilseydi iyi olacaktı, belki o odaya geçerdi, daha büyüktü orası, iki apartmanın arasından çizgi gibi sabah güneşi alıyordu, o odada uyanmak daha kolaydı. Ama boyası yetmedi, öylece bıraktı. Başka zamana.

İki saat içinde tavanı üç kat, duvarları iki kat boyadı. Çekyatın ucuna oturdu, boyanın kurumasını bekledi, yine kardeşini düşündü.

Kardeşini seviyordu, gerçekten seviyordu, bütün acılığına rağmen.
Kardeşinin böyle bir hayat istememiş olduğundan emindi.
Kendisi de böyle bir hayat istememişti.
Ama hayat böyle bir şeydi, başına gelen, kuramadığın, yapamadığın.
Kimseye nasıl bir hayat istersin diye sorulmuyordu.

Hayatta yapayalnız kaldığını düşündü, artık hiç kimsesi yoktu. Kardeşinin ölümüne hayatta yapayalnız kaldığı için değil, kardeşi için üzülüyordu. Daha iyi bir hayat yaşamış olmasını isterdi. Gerçi kardeşinin daha iyi bir hayat hakkında düşündüğünü hiç sanmıyordu. Kardeşinin düşüncesinin en ileri gidebildiği yer akıllı televizyonda maç seyretmekti.

Yapayalnız kalmış olma duygusu beklediği kadar korkutucu gelmedi ona, hatta kendi hayatına müdahale etme fırsatı yaratabilirdi.
Asıl sen olmasaydın ben evlenirdim.
Kendi hayatını kendi ellerine almanın yollarını düşünmeye daha geniş zaman ayırması gerekiyordu.

Boya idare edecek kadar kuruyunca bantları söktü, örtüyü topladı, eşyayı yerlerine yerleştirdi. Anne babasının düğün resmiyle Çolak Çit Sistemleri takvimini yerine astı. Rulo fırçayı, badana fırçasını, kestirme fırçasını banyoda yıkadı. Boşalan boya kutularını suyla çalkalayıp kaldırdı, belki bir gün bir işe yarardı.

Duvarlara baktı, dönene kadar iyice kurumuş olurdu.

Sabah giydiklerini giydi, çantasını aldı, hastaneye gitti.

Mevta-merhum-rahmetli

Hastanede konuşacak birini buldu. Görevli kişi kardeşinin sanayideki işyerinde kalp krizi geçirdiğini, hemen ambulansla hastaneye getirildiğini, doktorların ellerinden geleni yaptıklarını, elektroşok-kalp masajı-vesaire ama maalesef kurtaramadıklarını söyledi.

Aynen böyle dedi: Elektroşok-kalp masajı-vesaire ama maalesef.

Elektrikçi kardeşinin son hissettiği şeyin elektroşok olması hayatın cilvesiydi.

Zaten hayat denen bu şey çok cilveliydi ama pek hayırlı sonuçlara varmazdı bu cilveler.

Görevlinin konuşurken bir kez naaş, iki kez mevta, iki kez rahmetli, bir kez de merhum dediği, ceset veya ölü demediği dikkatini çekti.

Kendi yaşlarında bir adamdı, orta boyluydu, bıyıkları kızılımsı sarıydı, çok açık renkli gözleri vardı, güvenilmez tezgâhtarın kartelada gösterdiği kil yeşilini andırıyordu. Ailesi göçmen olmalıydı, eskilerin deyimiyle muhacir. Bulgaristan veya Makedonya olabilirdi. Nedense Makedonya'yı yakıştırdı adama.

Makedonlar Makedonya'ya Masedonya diyorlardı, Avrupalılar da. YouTube'da sevdiği gezginin videosunda izlemişti, şaşırmıştı, bütün dünyanın Makedonya dediğini sanıyordu. Bilmediği çok şey öğreniyordu bu videolardan, yanlış bildiklerinin doğrusunu öğrenmek daha çok hoşuna gidiyordu.

Adamın elleri büyüktü, evliydi, sağ elinin yüzükparmağında bir gümüş yüzük vardı.

Başın sağolsun bacım, rabbim cennetinde ağırlasın, merhumdan şefaatini esirgemesin, sana da bütün yakınlarına da sabırlar versin dedi adam. Doktorların kardeşi için her şeyi yaptıklarını söyledikten sonra. Elektroşokkalp masajı-vesaire. Başını kaldırarak konuşmaktan hoşlanmadığı belliydi, öte yandan mevtanın yakınına iyi davranmaya çalışıyordu.

Baban hayatta mı?

Başka erkek kardeşin yok mu?

Ailende hiç mi erkek yok? Dayın, amcan, amcaoğlun, dayıoğlun?

Ölümün bile erkek gerektirmesi çok saçmaydı.

Biraderinin cenazesini kaldırmak sana mı düştü, yazık dedi, içtenlikle acımıştı haline.

Onu morga götürdü, cenazeyi görmek isteyeceğini sanıyordu.

Yıkandıktan sonra göremezsin dedi, şimdi gördün gördün.

İstemiyorum dedi.

Tamam bakma o zaman dedi Makedonyalı, önemsemedi, ölülerini görmek istemeyen çok oluyordu demek ki.

Onunla korktuğu kadar fazla ilgilenmedi, yakınlarını kaybedenlere alışık olduğu belliydi. Büyük mavi bir poşetle kardeşinin eşyalarını teslim etti, birtakım kâğıtlara imza attırdı.

Cenaze için belediyeye gitmesi yeterliydi, cenaze işleri gerekeni yapardı.

Biraz para lazım olurdu tabii. Parası var mıydı?

Yok dese adamın ne diyeceğini merak etti.

Çöp

Elinde poşetle morgun bulunduğu bodrum katının dik merdivenlerinden hastanenin arka bahçesine çıktı. Makedonyalı, kardeşinin eşyasını büyük mavi bir çöp poşetine koyup vermişti. Poşetin çöp poşeti olması Makedonyalının aklından geçmeyen bir soruya işaret ediyor gibiydi.

Çöp olan kardeşinin hayatı mıydı ölüsü müydü?

Ne kadar zor bir soruydu, kendine bunu niye sormuştu ki.

İkisi de değil diyemedi.

Çöp olan bir şeyler vardı çünkü, sadece kardeşinin hayatında değil, herkesin hayatında.

Ağır ağır hastane duvarı boyunca yürüyordu, durdu.

Şimdi ne yapması gerektiğini düşündü.

İçi kuru ve hissizdi. Gözleri de kuruydu.

Duvara dayandı, bahçeye baktı. Konteynerlerle çöp dağları. Park edilmiş tozlu arabalar. Yoluk çimler. Tek tük insan geçiyordu, bezgin ifadelerine bakılırsa hastanede çalışanlar. Köşeyi dönüp kayboluyorlardı.

Poşeti karıştırdı, eline ilk geçen kardeşinin anahtarları oldu. Manchester United amblemli plastik anahtarlıkta üç anahtar vardı. Biri evlerinindi, ikincisi çalıştığı yerindi, üçüncüsü asma kilit anahtarıydı, işyerindeki dolabının. Dolabında ne vardı acaba? Havlu, deodorant, yedek çamaşır. Başka?

Kontrol kalemini çıkardı, buna ihtiyacı yoktu, evde vardı zaten. Poşete geri attı.

Birkaç bozuk para poşetin dibinde tıngırdadı.

Giysilerini çıkarıp kokladı, gömleği ter kokuyordu. Koku çok keskindi, kalıcıydı, hatta bulaşıcıydı, tekrar poşete tıktı. Kardeşi hemen her akşam yıkandığı halde ter kokardı. Kendisi de bunun farkındaydı ve çok şikâyetçiydi. Deli gibi deodorant sıkıyordu, gene de kokuyu bastıramıyordu.

Çok ağır yiyorsun da ondan demişti bir keresinde, kardeşi başını koltukaltına sokmuş kendi terini koklarken, hep et sucuk pastırma.. kokusu da terine geçiyor.

Kardeşi sinirlenmişti, ne alakası var! demişti.

Doğru olduğunu biliyordu ama sırf o söylediği için kabul etmiyordu.

Ayakkabıları sahada çalışan elektrikçi ayakkabısıydı, çok eskimişti, beyaz lekeler vardı üstünde, kireç tozuharç artığı. Babasının ayakkabıları da hep çamurlu olurdu, topak topak kurumuş çamur düşerdi tabanından.

Cüzdanını, telefonuyla şerit metresini alıp çantasına koydu, kardeşinin yüzlerce kere boyunu ölçtüğü sarı metre.

Sigara içmiyordu, yine de kardeşinin yeni açılmış Parliament paketiyle ucuz plastik çakmağını aldı, onları da çantasına koydu.

Poşeti duvarın dibine bıraktı.

Çöpe atamadı.

Sanki atarsa kardeşinin ölüsünün ya da hayatının çöp olduğunu kabul etmiş olacaktı.

Usulca yürüdü, sanki poşeti bırakan o değilmiş gibi,
Sanki biri yanlışlıkla burada unutmuş gibi,
Ön bahçeye geçti,
Doktora görünmek için hastaneye gelmiş herhangi biri gibi,
Morgda yatan ölüsü olmayan biri gibi.

Canlıydı burası, çok kalabalıktı, çok yoğun bir hareket vardı.

Boş bir banka oturdu, kardeşinin cüzdanını karıştırdı. Gizli şeyler bulmayı umuyordu, sevdiği kızın fotoğrafını mesela, sevdiği bir kız varsa eğer.

Yoktu.

Cüzdanında kredi kartı, banka kartı, şirket kimlik kartı, toplu taşıma kartı, Beşler Market kartı, Aktan Giyim Mağazası kartı, bir vesikalık fotoğrafı, iki tane de ellilik vardı. Başka para yoktu. Normaldi bu, kardeşi üstünde fazla para taşımazdı. Birine borç vermek zorunda kalmaktan korkardı, kardeşi de onun gibi hayır diyemezdi çünkü.

Telefonunun şifresinin 1234 olduğunu biliyordu, gözucuyla bakmıştı, açtı, karıştırdı.

Galerisinde yüzlerce fotoğraf vardı, çoğu selfie, bakımsız, kadınsız, birkaçında arkadaşlarıyla işyerinde, birkaçında sanayiden çocuklarla maçta, inşaatta, yükseklerde, sokakta, ona ait olmayan şık arabaların önünde, oturmadığı bahçeli villaların önünde, belediyenin yeni açtığı, yüzme bilmediği için hiç yüzmediği açık yüzme havuzunun önünde, şortlu.

Anne babasının siyah-beyaz, çocukluklarının renkli fotoğraflarını görünce şaşırdı. Kardeşi albümlerdeki bütün fotoğrafların fotoğraflarını çekmişti.

Kardeşinden böyle bir hareket hiç beklemezdi, çok etkilendi.

Renkleri solmuş bir renkli fotoğrafta ailece arka bahçedeydiler. Annesi dutun altında sandalyede oturuyordu, henüz bebek olan kardeşini kucağına almıştı. Kendisi yanında ayaktaydı, küçücüktü, boyu annesinin dizine geliyordu. Beyaz puanlı, mavi bir elbise giymişti, boynunda bir dizi mavi boncuk vardı, kâküllüydü. Babası arkalarındaydı, elini annesinin omzuna koymuştu, üçü de objektife gülümsüyorlardı.

Onların bir fotoğraf makinesi olmadığına göre bunu kim çekmiş olabilirdi ki?

Eskinin bu tür fotoğraflarını kim çekerdi, merak etti. Dedesi dayısının sahiplendiği evlerinin bahçesine kümes yaparken yedi-sekiz yaşlarındaki annesinin objektife güldüğü fotoğrafı kim çekmişti mesela? Biri elinde fotoğraf makinesiyle oradan mı geçiyordu? Belki de fotoğrafçılar o zamanlar böyle para kazanıyorlardı. İnternette cevabı bulunamayan sorulardan.

Yeni zamanın sıradan insanlara en büyük armağanı fotoğraf çekmekti. Mobil telefondan önce dünya üzerinde kişi başına kaç fotoğraf düştüğünü merak etti. Evren inanılmaz miktarda fotoğraf karesiyle doluydu şu anda, her milisaniyede milyonlarca kare ekleniyordu, fotoğraf kareleri koşar adım sonsuzluğa gidiyordu, en azından insanoğlunun adlandırdığı büyük sayılardan daha büyük sayılara. Katrilyondan sonra kentilyon geliyordu, kentilyondan sonra sekstilyon, septilyon, oktilyon, sonrasında dev aralık vardı, ardından yine sayılar.

En büyük sayıyı merak etmiş, Vikipedi'ye bakmıştı, bayılıyordu Vikipedi'ye. Her şeye bakmıştı internette. Twitter'a girmiş ama hoşlanmamıştı, bir şey öğrenemiyordu Twitter'dan. Ekşisözlük de kafasını karıştırmıştı, entry'ler çok tutarsızdı.

Yeryüzündeki toplam fotoğraf karesi sayısı nonilyonu bulmuş, çoktan aşmış olabilirdi.

Fazla büyüktü bu sayılar, aklının sınırlarını aşıyordu.

Bir sürü de aplikasyon indirmişti kardeşi. Futbol, bahis, karaoke, candy crash, fotoğraf düzenleyici, kullandığını hiç görmediği TikTok, sanki parası varmış gibi borsa ve Bitcoin, sanki zayıflamaya niyeti varmış gibi kalori sayacı, adımsayar vesaire.

Instagram ikonunu görünce şaşırdı, kardeşinin bir Instagram hesabı olduğunu bilmiyordu. Burada da bir sürpriz, gizli bir sevgili falan yoktu. Koyduğu fotoğraflara, ona buna yaptığı yorumlara baktı. Yorumları sıradan, esprileri kötüydü.

Tam WhatsApp'ına bakacaktı, evlerinin sağ tarafındaki apartmanın giriş katına yeni taşınan, yüzü doğum lekeli kadınla kadının karşı komşusunu gördü.

Koşturarak ona doğru geliyorlardı.

Komşular

Doğum lekeli kadının yüzünde el büyüklüğünde bir alan koyu mora çalan renkteydi, sağ gözü bu morluğun tam ortasında masmavi bir elmas gibi parıldıyordu. Çok çarpıcı bir görüntüydü, ürkütücü ama aynı zamanda çarpıcı, çekici. Ne zaman karşılaşsalar kadının sağ gözüne bakmaktan kendini alamıyordu. Hiç kimse alamıyordu. Kadın doğanın kendisine attığı bu kazığın onu hiç kimse olmaktan çıkardığının farkındaydı ve çok memnundu bundan.

Geldiler, boynuna sarılıp ağlamaya başladılar.

Kardeşinin gençliğine yanıyorlardı, hayatının baharında gitmesine, ablacığını bu fani dünyada yapayalnız bırakmasına.

Kardeşi o kadar da hayatının baharında sayılmazdı aslında. Evet, ortalama ömür uzamıştı ama kardeşi gençliğinin sonunda sayılırdı artık, bahar çoktan geçmiş de yaz sıcakları iyice bastırmış gibi bir zaman. Songençlik.

İlkgençlik diye bir şey varsa songençliğin de olması gerek diye düşündü. İlkgençlik, ortagençlik, songençlik. Böyle bir sıralama var mı merak etti, bir de ortalama ömrün ne kadar olduğunu. İnternete bakmak için dayanılmaz bir istek duyuyordu ama hayatının baharına doyamayan kardeşi için ağlayan bu kadınların yanında bakamazdı.

Niye ağladıklarını anlamadı. İkisinin de kardeşiyle bir yakınlıkları yoktu, kendisiyle de sınırlı komşuluk ilişkileri dışında var sayılmazdı.

Belki de sadece iyi insanlar oldukları içindi.

Elmas gözlü kadın, Mevlam yazısını böyle yazmış, vakit saat gelince hepimiz gideceğiz falan dedi. Her ölümün ardından söylenen sözler.

Öbür kadın çok dindardı, konuşmak yerine ona bakarak fısır fısır sure okudu, yüzüne üfledi. Elinde bir tespih vardı. Kocasını tanıyordu bu kadının, servis şoförüydü, minibüsüyle fabrikalara personel servisi yapıyordu. Akşamcıydı, yazları inadına balkonunda rakı sofrası kurardı. Karısı içkili sofrayı toplamayı, içkili bulaşıkları yıkamayı reddediyordu. Yine de kocasının meyhanede zıkkımlanmasındansa evde zıkkımlanmasını tercih ettiğini söylüyordu.

Çok neşeli adamdı şoför. Balkonları zeminle birdi, gelene geçene takılır, iç bir yudum diyerek kadeh uzatırdı. Kardeşinin de kaç kere böyle ayakta, saatlerce içmişliği vardı.

Alayına isyancıydı. Memleket meselelerinden, siyasetten konuşmayı severdi, her defasında da alayına isyana bağlardı. Üniversite okumuş olsa hayatta çok daha iyi yerlere gelmiş olacağını iddia ediyordu, haksız sayılmazdı, zeki bir adamdı.

Bir keresinde deistmişim ben demişti, ne olduğumu biliyordum da olduğum şeyin adını bilmiyordum.

Karısı deistin iyi bir şey olduğunu sandı, sevindi. Ne olduğunu öğrenince, ben de onunla birlikte cehennemde yanacağım diyerek fenalık geçirdi. O zamana kadar kocasının dinsizliğinin evin içinde kaldığını sanıyordu.

Buz gibi bir rüzgâr esiyordu. Banktaydılar, iki kadın iki yanına oturmuştu, onu kıskaca almış gibiydiler. Hoşlanmamıştı bundan, başından gitsinler istiyordu. Elmas gözlü kadın cenaze işlemlerini sordu.

Daha bir şey yapmadım, şimdi belediyeye gideceğim dedi.

Hiç senin gitmene lüzum yok dedi kadın, benim beyim her şeyi halleder.

Kocasını aradı. Kocası belediyede, fen işlerinde çalışıyordu, cenaze işleri falan hep arkadaşıydı, bütün işlemleri halledebilirdi. Halletti de.

Kadın konuşurken kocasının gözlerinin ne renk olduğunu merak etti.

Adam hastaneye geldi. Düz kahverengiydi gözleri, hiçbir özelliği yoktu. Makedonyalıyla konuştu, kâğıtlarına baktı, belediyeden arkadaşlarını aradı, mezar yeri buldurdu.

Yarın öğle namazına mı olsun, bugün ikindi namazına mı? diye sordu.

İkindiye yetişir mi ki? dedi karısı.

Adam herhalde, o kadar hatırımız var dedi karısına, ona döndü, ne yapalım?

İkindi olsun o zaman dedi, uzamasını istemiyordu.

Merhum hemen toprağa kavuşmak ister diye destekledi dindar kadın, na'şı bekletmek iyi değildir.

Belediyeci koca camiyi de ayarladı, cenazeyi ikindi namazına yetiştirmeyi başardı.

ATM'den para çekmesine de yardımcı olmak istemişti.

Sen yaz şifreni, gerisini ben hallederim demişti, hepsi ATM'nin başına geldikleri sırada.

Bu da akılca durgun olduğumu sanıyor diye düşündü.

Doğum lekeli karısı öyle mi demişti? Onun için akılca biraz durgun diyorlar mı demişti?

Hakkında öyle konuşulduğunu biliyordu, buna bir itirazı yoktu, hatta işine geliyordu.

Kardeşi hayattayken.

Kardeşi hayattayken aptal sanılmak iyiydi.

Ama artık kardeşi hayatta değildi.

Sağol gerek yok, ben hallederim dedi.

Bozuldular. Şifresini yazarken adam ona sırtını döndü ama yüzü lekeli karısı başını uzatıp hesabında ne kadar para olduğunu görmeye çalışıyordu. Bütün bedeniyle ATM'nin önünü kaplayarak görmesini engelledi. İyi ki geniş bir sırtı vardı.

Adamın kötü biri olmadığını düşündü sonra, gerçekten yardımcı olmak istemiş olabilirdi. Cenaze masraflarının makbuzlarını da kuruşu kuruşuna teslim etmişti.

Çalmamış çırpmamış, demek ki iyi biri.

Olabilir.

Ritüeller

Mart soğuğu bıçak gibi kesiyordu. Erkekler montlarının fermuarlarını boğazlarına kadar çekmişler, ellerini ceplerine sokmuşlardı.

Hemen hepsi göbekliydi. Göbekli ve çirkindiler. Kafalarının içi bin türlü sorunla doluydu, asık yüzlü ve öfkeliydiler.

Cenazeye uygun düşmez diye el örgüsü beresini takmamış, başını koyu renkli, kumaşı hışırtılı bir eşarpla örtmüştü. İnceydi eşarp, soğuğu geçiriyordu, kulakları donmuştu, elleri ve yüzü de. Ayakta durmakta güçlük çekmediği halde iki kadın iki yanında durmuş, kollarına girmişlerdi. Kollarına girerek onu ayakta duramayacak kadar perişan görünmeye zorluyorlardı. Böyle yaptıklarının farkında değildiler. Ama o farkındaydı, ayakta duramayacak kadar perişan görünmesi gerektiğini biliyordu, bu nedenle elmas gözlü kadınla dindar kadının kollarına asılıyordu. Bir damla gözyaşı dökmedi demesinler diye ağlaması da gerekiyordu ama onu yapamıyordu, gözyaşı yok gibiydi, uzun zamandır acıdan ölse bile gözyaşıyla ağladığını hatırlamıyordu. Tabutun arkasında, iki kadının arasında durmuş boşluğa bakıyordu, kimseyi duymuyor gibi, eski günlere dalmış gibi, kardeşinin hatırasına.

Kardeşinin ardından acı çekmeyi başka bir zamana bırakmıştı.

Gecenin, tanrısıyla konuşacağı ileri saatlerine.

Elmas gözlü kadın, dindar kadın, diş teknisyeninin karısı ve köftecinin karısı dışında cenazede kadın yoktu. Köftecinin karısı koşturarak gelmiş, kocasının akşam köftesini yetiştirmesi gerektiği için kendisine sabır, kardeşine rahmet dileyip gitmişti.

Geçim iyice zorlaşınca geceleri de çıkmaya başlamıştı köfteci. Kardeşi adamın gençlerin takıldığı barlar sokağının dibinde konuşlandığını söylemişti. Sokağın adı gençlerin arasında barlar sokağıydı, aslında on beşinci sokak, yirmi ikinci sokak gibi bir şeydi. Bir zamanlar şehrin kenarında kalan ama para kazandığı için hızla gelişen, her gün göle bakan yeni bir villanın yapıldığı mahallede, güneş battıktan sonra şehrin varlıklı ailelerinin çocuklarının ve üniversite öğrencilerinin aktığı, kafelerin kılık değiştirdiği, içkilerin tezgâh altından tezgâh üstüne çıktığı, denetçilerin bahşişlerini alıp uzadıkları bir sokaktı. Şehrin geceleri kalbinin attığı tek yer. Yer kapmak için büyük kavgalar oluyordu bu sokakta. Köfteci dürümcüyle, dürümcü pilavcıyla sık sık kapışıyordu.

Köfteci burada yer kapmayı başardığından beri durumları iyiye gidiyordu ama yorgunlukları artıyordu, karısı ayakta duramıyordu artık. Gece gündüz çalışmak zorundaydılar.

Mahalledeki caminin avlusu çok küçüktü, namaz sırasındaki boşluğun göze batmayacağını düşündü. Pek gelen olacağını sanmıyordu.

Ama oldu, beklediğinden çok fazla gelen oldu.

Kardeşinin işyerinden arkadaşları geldi, altı-yedi kişiydiler.

Başın sağolsun abla dediler, Allah sabır versin, kardeş acısı çok zordur.

Hangisinin kardeşini kaybettiğini merak etti, belki de öylesine söylüyorlardı.

Köfteciyle servis şoförü geldi. Mahalleden birkaç adam geldi, kardeşinin kahve arkadaşları geldi. Demir doğramacı geldi. Rahmet-rahmetli-rabbim gibi bir şeyler mırıldandı, diğerlerinin yanına gitti. Arada bir ona bakıyordu, göz göze geldiklerinde hemen bakışlarını kaçırıyordu.

Bana acıyor diye düşündü ya da bundan sonra hayatımın nasıl olacağını merak ediyor.

Hayatının nasıl olacağını hepsi merak ediyordu, kendisi de.

Yüzlerini çok az gördüğü birileri daha vardı. Biri dayısına benziyordu. Kardeşinin ölümünü dayısına haber vermemişti, vermeye de hiç niyeti yoktu.

İmam hakkınızı helal ediyor musunuz? diye sorarken kardeşinin patronu geldi.

Cemaatle birlikte helal olsun diye bağırdı.

Siyah paltosunu omuzlarına almıştı, kar beyaz gömleği, kısa-düzgün-siyah sakallarıyla tekinsiz bir uyum içindeydi. Patrona hemen safın en önünde yer açtılar.

Patron ona başsağlığı dilerken yüzüne çok eğilmişti, parfüm kokuyordu. Birkaç adamı arkasında saygıyla dikiliyorlardı.

Kardeşinin çok iyi bir elektrikçi olduğunu, bir daha onun gibisini bulamayacağını söyledi. Ezberden konuşuyordu. Bir yandan gözleri avluyu tarıyordu. Cenaze cemaatinden olmayan, yaşlı başlı birileri şadırvanın dibinde dikilmiş, hararetli hararetli konuşuyorlardı. Birinin uzun sakalları vardı, tarikat şeyhi falan olabilirdi. Şehirde birkaç tarikat arasındaki rekabetin çok büyüdüğünü duymuştu.

Patron onların yanına gitti, uzun sakallı olanın elini öptü. Diğerlerinin patronun sırtını sıvazladığını gördü. Patronun siyasete girmeye niyetli olduğundan emindi.

Kardeşinin erkek akrabası olmadığı için na'şı kimin mezara indireceği sorun oldu. Aslında sorun oldu demek doğru sayılmazdı, mezara indirecek kimse ortaya çıkmadı, herkes yere bakıyordu, kimse kendini kefene sarılı cesedini kucaklayıp toprağa koyacak kadar kardeşine yakın görmüyordu.

Belediyede çalışan adam az ileride telefonla konuşuyordu, kapattı geldi.

Ne bekliyoruz? diye sordu imama.

Erkek akrabası yokmuş dedi imam, kim indirecek?

Ben indiririm.

Çukura atladı, kardeşinin bedenini güçbela kucakladı.

Yüzünde Allah rızası için iyilik yapan insanların gururu vardı.

Hepsi öyleydi, hepsi Allahlarına sanayide çalışan, gariban bir elektrikçinin cenazesine gidecek kadar iyi insan olduklarını ispat etme peşindeydiler. Allahlarının görevlendirdiği meleklerin bu cenazeye katılımı defterlerinin sevap tarafına yazdığından emin olmak istiyorlardı.

Patron camiye gelince kardeşinin sanayiden arkadaşları, kahve arkadaşları hepsi fısıldaşmışlar, mezarlığa eksiksiz gelmişlerdi. Demir doğramacı, köfteci ve diğerleri de gelmişti.

Patron mezarın başında şöyle bir görünmüş, Mercedes'ine binip gitmişti. Bu kez kıymalı pideyle ayran dağıttırmıştı, küçük alüminyum kaplarda da aşure. Çoğusu biber olmayan kıymadan üstelik, şanına yaraşır bir pide.

İkramlar bu kez artmadı, mezarlık kalabalıktı. Gelenler pidelerini, birkaç nar tanesi ve dolmalık fıstıkla süslenmiş aşurelerini mezarlık duvarının üstüne koymuş yiyorlardı, aceleleri yoktu. Bir de üstüne çay olsaydı tam olacaktı.

Rüzgâr dinmişti, keskin soğuk kırılmıştı.

Akşam ev kadınlarla doldu. Küçücük odada üst üsteydiler. Bazıları çocuklarını da getirmişti, gereksiz bir kalabalık vardı. Köftecinin karısı bir tepsi revaniyle geldi, onu yanaklarından öptü, hayalî gözyaşlarını sildi, gitti.

Eskiden Boşnak gelinin oturduğu teraslı dublekse taşınan kadın da gelmişti, biraz saf görünen annesini ve ergen kızını da getirmişti, kızının suratı bir karıştı.

Dualı fısıltılar, temenniler dolaşıyordu havada.

Başın sağolsun,
Allah rahmet eylesin,
Rabbim şefaatini esirgemesin,
Mevlam sabır versin,
Günahlarını affeylesin,
Ruhunu şâd eylesin,
Mekânı cennet olsun,
Kabri iman dolsun,
Toprağı bol olsun.

Toprağı bol olsun Müslüman olmayan ölüler için söylenirdi ama bir süredir bütün ölüler için söylenir olmuştu, kimsenin doğruyu yanlışı bildiği yoktu artık.

Kadınlardan biri Kuran'ı hocanım mı okuyacak? diye sordu.

Kadına baktı, kuru kızın kardeşinin arkasından ancak itibarı düşük biri Kuran okuyabilir demek mi istiyor? diye düşündü. Aynı anda bu düşüncesine güldü içinden, gereksizce alınganlaşmıştı.

Yok dedi biri, hocanımı aşağı mahallede bir eve mevlide çağırmışlar bu akşam.

Pek inanmamış gibiydiler. Manalı manalı bakışarak birbirlerine hocanım kuru kızdan para alamaz diye mevlidim var demiş olabilir demek istediler.

Verebilirdi oysa, parası vardı. Ama komşular, kardeşinin, yetim maaşını elinden aldığını sanıyorlardı. Bakalım bundan sonra ne olacak, kuru kızın maaşını kim elinden alacak diye merak etmeyi yarına ertelemişlerdi. Şimdi üzüntü zamanıydı, yas zamanı.

E kim okuyacak? dediler.

Biri okuyacaktı muhakkak, defnedildiği gün ölünün evinde Kuran okunmaması mümkün değildi.

Bakışırlarken ben Kuran'ımla geldim dedi bir kadın, Allah rızası için okuyacağım.

Birinin görümcesiydi, kimindi hatırlayamadı, yüzünü birkaç kere görmüştü. Hepsi takdirle kadına baktı. Kadın açtı, okumaya başladı. Sesi güzeldi, içten okuyor gibiydi.

Belediyeci koca arka bahçede bir tenekede ateş yakmıştı, komşu adamlardan birkaçı ateşin başında oturmuş, helvayı bekliyorlardı. Birileri de kapıdan uğrayıp başsağlığı dilediler.

Bu kadar ilgi görmeye alışık değildi ama şaşırmamıştı, nedenini tahmin ediyordu.

Birileri ona sorma gereği duymadan mutfağına girdiler, revaniyi dağıttılar. Beş dakikada bitti revani. Dindar kadın patatesli börek, diş teknisyeninin karısı da tavuklu pilav getirmişti, diğerleri eli boş gelmişti. Pilavla böreği de dağıttılar.

Kardeşinin helvasını teraslı dublekse taşınan kadın

yaptı, suratsız ergen kızıyla bir başka komşunun kızına dağıttırdı.

Bir tabak da ona verdiler. Yemedi. Komşular ye diye ısrar ettiler, üzüntüden bir çatal bile alamayacak halde olduğunu sandılar. Üzgündü elbette ama irmik helvası sevmediği için yemedi.

Misafirlerin helvada çamfıstığı aradıklarını fark etti. Aralarında bir fısıldaşma oldu.

Helva yapan kadın, evde yoktu dedi, kızı bize gönderip aldırsam geç kalacaktı.

Yüzündeki ifade, bu zavallı abla kardeşin evde çamfıstığı bulunduramayacak kadar yoksul ya da yaşama zevkinden yoksun olduklarını söylüyordu, komşulardan anlayış bekliyordu.

Komşular anlayış göstermek konusunda çok bonkördüler.

Evde çamfıstığı yoktu çünkü bulundurması için bir neden yoktu. Çamfıstığı iç pilavla zeytinyağlı dolmaya konurdu, bir de helvaya.

Kardeşi ikisini de yemezdi, helvayı da o sevmiyordu. Pesto sos yapacak hali de olmadığına göre niye çamfıstığı alsın? Alabilirdi ama, istese pesto sos yapabilirdi.

Muhasebecinin karısıyla nişanlı kızı da geldi. Biraz geç geldiler, Kuran okuyan kadın bitirmek üzereydi.

Kız duvarların yeni boyanmış, üstelik kesekâğıdı rengine boyanmış olduğunu hemen fark etti, öfkeyle annesini dürttü. Annesi bir şey anlamadı.

Görmüyor musun, kesekâğıdı rengi dedi kız, hem de yeni boyanmış!

Teraslı dublekse taşınan kadının safça görünen anası duydu.

Ne mutlu dedi, rahmetlinin Kuran'ı yeni boyanmış bir evde okunuyor.

Neden ki diye düşündü, boyayla rahmetlinin ne ilgisi var? Ayrıca kardeşimi böylesine duygulanacak kadar görmedi bu kadın, hatta hiç görmedi.

Nişanlı kızla göz göze geldi. Kız öfkeden kıpkırmızı kesilmişti.

Ben gidiyorum dedi annesine.

Annesi bir şeyler mırıldandı ama kız dinlemedi, bastı gitti. Annesi çekyatta oturanların yanına sığıştı. Ama içi rahat etmemiş olmalı ki beş dakika sonra o da kalktı gitti.

Helva yapan kadın ergen kızının o gece onunla kalmasını istiyordu.

Kızın mutfakta annesine çemkirdiğini duydu.

Annesi ama yazık zavallı.. kimsesi yok.. hem çok sevap gibi şeyler söyledi.

Kız ağlamaklıydı, annesine de ona da düşman kesilmişti.

Soba gürül gürül yanıyordu, işgüzar birileri kömür atmıştı. Çok sıcaktı içerisi, çok havasızdı, kalabalıktı, durulacak gibi değildi. Kimsenin aklına pencereyi açmak gelmiyordu.

Onun geliyordu ama açmıyordu, sıcaktan bunalsınlar, kalkıp gitsinler istiyordu.

İlk bunalan Kuran okuyan kadın oldu, hızlandı, okumayı çabucak bitirdi.

Diğerleri de helvalarını hızlı hızlı yediler, birer ikişer kalktılar.

Akılca durgun olduğu sanılmasa Kuran okuyan kadına bahşiş vermesi gerekirdi ama acıyorlardı ona, ondan böyle bir şey beklemiyorlardı. O da usulü bilmiyormuş gibi davrandı. Kadına acı acı gülümsedi sadece.

Kadın Allah sabır versin dedi, sarıldı. Başörtüsü is kokuyordu.

Ergen kız dışında hepsi gitti.

Kız elinde cep telefonuyla kardeşinin koltuğuna çöktü. Öfkesinden suratına bile bakmıyordu. Kalmasına gerek olmadığını söyleyince kız da fırladı gitti.

Sonunda yalnız kalabildi.

Ardından

Pencereyi açtı, kömür kokan soğuk havanın önünde durdu.

Yağmur hâlâ başlamamıştı ama rüzgâr çıkmıştı, serinlik çok hoşuna gitti.

Gözlerini yumdu, gökyüzüne yükseldiğini hayal etti. Mahallede yabancı bir madde gibi duran, tek katlı, küçük, çok küçük evini çevreleyen bu yüksek apartmanların pencerelerindeki ışıklar kırpışan gözler gibiydi. Gecenin karanlığı arttıkça birer birer sönüyordu ışıklar, gözler kapanıyordu, şehir uykuya geçiyordu. Ama huzursuz bir uykusu vardı şehrin, maddi manevi sıkıntılarla dolu, sorunlu bir uyku.

Perdeler ardına kadar açıktı. İçerisi doluyken kalkıp çekmek istememişti.

Yerinden kalkmak bile istememişti. Kederiyle ilgisi yoktu, yorgunluktan kalkamamıştı, badana yapmak bayağı yorucu bir işti.

Perdeleri çekti. Açık pencereden gelen rüzgâr perdeyi dalgalandırıyordu.

Ampulün sarı ışığında kesekâğıdı rengi daha güzel, daha koyu, daha tatlı görünüyordu. Nişanlı kızın kızgınlıktan ağlayacağı kadar vardı. Seçtiği rengin düştüğü yere bak, sefil bir oda. Gelin gideceği evi kesekâğıdı rengine boyatması mümkün değildi artık, mecburen başka renk seçecekti. Kombin yapabilirdi, mermer tozuyla esmer şeker mesela ya da ıhlamurla mürdüm.

Çok acıkmıştı, ölüyordu açlıktan, çok da çişi vardı. Önce tuvalete gitti.

Tuvalet taşının ortasında kocaman bir bok duruyordu. Helva yapan kadının ergen kızının protesto amacıyla yapmış olabileceğini düşündü. Evdeki sayısız illet çocuktan ya da büyüklerden biri de olabilirdi.

Birkaç maşrapa su döktü, fırçaladı. Alaturka tuvaletin taşı betonlu mozaikten yapılmıştı, kırk yıldır tuzruhuyla temizlendiği için iyice aşınmıştı. Fırçalarken mozaiğin birkaç minik taşı daha koptu. Önemsemedi. Çişini yaptı, çıktı.

Mutfağa gitti. Ona bir tabak tavuklu pilavla bir dilim patatesli börek ayırmışlardı. Tavuklu pilavı yemeden önce bolca karabiber ekti, pilavı karabiberli severdi. Patatesli börek kuruydu, takır takırdı. Dindar kadın yağını sütünü az koymuştu belli ki. Şaşırmadı, o da bu mahallede oturanların çoğu gibi yoksuldu. Yeşil kartı vardı. Seçim zamanı veya ramazanda dağıtılan yardımları almak için sabah ezanında kuyruğa girerdi.

Bir çatal bile almadığı helvayı çöpe döktü, tabağını çatalını yıkadı. Helva yapan kadın mutfağı tertemiz yapmıştı, ocağı bile silmişti, takdir etti.

Kardeşinin sehpada duran küllüğüne bakarken sigarasını hatırladı.

Kardeşinin sigarasını hatırlayınca da kendi çantasını.

Komşular gelmeye başlayınca çantasını gardırobun dibinde bir yere saklamıştı. Gelenler hırsız olduğundan değil, meraklı olduğundan. Bulurlarsa muhakkak karıştırırlardı.

Parliament paketinden bir sigara yaktı. İlk nefeste boğulurcasına öksürdü ama hoşuna gitti, bundan sonra sigara içmeye karar verdi, hem de bu markadan, Parliament. Kardeşinin yokluğunu hem hissediyor hem hissetmiyordu, anlaşılmaz bir duyguydu.

Telefonunu incelemeye devam etti. WhatsApp hesabında en çok iş grubu vardı. Patronun dahil olduğu şirket çalışanları, patronun dahil olmadığı şirket çalışanları, birkaç şantiye grubu, maça gittiği sanayiden çocuklarla gruplar. İş dışında en çok demir doğramacıyla yazışmıştı. Çok boş, içeriksiz yazışmalardı, adam sık sık müstehcen fotoğraflar, fahişe linkleri yollamıştı. Kardeşi de aynı basitlikte karşılık vermişti. Utandırıcıydı. Notlarına baktı sonra, hepsi işle ilgili şeylerdi, alınacak malzeme listesi, biten işler veya tahmini bitme süreleri. Telefonun şarjı yüzde beşe inmişti, şarja taktı.

Pencereyi kapattı, ışığı söndürdü. Odasına gitmeye üşendi, çekyata uzandı. Kendi telefonunu aldı, YouTube'da gezi videoları izlemeye başladı.

İzlerken uyuyakaldı.

Rüyasında kardeşini, anne babasını gördü.

Anne babası ölümlerinden sonraki yılları yaşamış gibi yaşlı görünüyorlardı. Babası çok değişmemişti ama annesi bambaşkaydı. Sanki yaşlanınca nasıl olunacağını gösteren aplikasyonlardan biriyle yüzüne efekt yapılmış, annesi olmuştu.

Çok vardı bu aplikasyonlardan, birkaçını denemişti. Bazıları çok uyduruktu, alnına iki çizgi atıyor, saçlarını beyaza boyuyordu o kadar. Ama bazıları çok iyiydi. Seksen yaşını görmüş gibiydi, sevmişti seksen yaşındaki halini, belki seksen yaşına kadar yaşardı.

Kardeşi ise anne babasının aksine gencecikti rüyasında, askerden geldiği zamanki halindeydi, zayıf ve hüzünlü. Zamanla değişmişti, çok kilo almıştı, yaşından çok daha yaşlı görünür olmuştu, ifadesi hoşnutsuzdu, mutsuzdu ama mutsuz olduğunu bilmiyordu ve şimdi ölüydü.

Mevta, merhum, rahmetli.

Rüyadan sonra tanrısıyla konuştu, kardeşinin hakkı olan hayattan zevkli bir yudum bile alamadan gittiği için çok acı çektiğini söyledi.

Fırtınalı geceyi hatırlamak istemiyordu.

Tanrısı anlayışlıydı, hatırlatmadı, sabaha kadar teselli etti onu.

Yine kelimeler olmaksızın.

Sabah uyandığında içinde sonsuz bir ağlayış vardı ama gözyaşları akmıyordu.

Öğrenmek

Öğrenmeyi çok seviyordu ama kitapla arası yoktu. Okula gidebildiği zamanlarda mecburen ders kitapları okumuş, hiç sevmemişti. Görüntüyü tercih ediyordu, özellikle hareketli görüntüleri, çocukların reklamları sevmesi gibi. Görüntü, içinde olmadığı dünyanın çok renkli bir yer, hayatın çok renkli bir şey olduğunun kanıtıydı.

Ama film seyretmeyi sevmiyordu, hikâyeler umurunda değildi. Bilgiyi seviyordu o. Küçük küçük, kırıntı gibi, gerekli gereksiz bir sürü bilgiyi ve bu bir sürü bilginin verdiği şaşırma hissini. Hayat ve bilgi kaynağı internetti.

Hayatını ikiye ayırıyordu, internetten önce ve internetten sonra.

İnternetten önce televizyona yapışık yaşıyordu, tematik kanallara ama, belgesel gösterenlere. Gerçi o zamanki belgesellerin çoğu uzun ve sıkıcıydı.

İnternetten sonra cennete düşmüş gibi oldu. İnterneti inanılmaz buluyordu, çok seviyordu. Tanrısına interneti anlatmaya doyamıyordu, sanki tanrısı bu buluştan haberdar değilmiş ve ondan öğrenmekten çok hoşlanıyormuş gibi.

Aklına gelen her şeyi arıyordu internette. Bir tür delilik olmuştu, aramadan duramıyordu. Mesela sabah komşunun daima açık televizyonunda biri glütensiz beslenmeden mi söz ediyor, eve gider gitmez internette araştırıyordu, glüten nedir, nedendir, nasıldır? Ya da biri çok domates böbrek taşı yapar diye iddia mı etti, hemen internette bakıyordu, domates taş yapar mı? Bir keresinde çarşıda birinin muz cumhuriyeti miyiz biz? dediğini duymuş, eve gider gitmez Google'a yazmıştı. Muz cumhuriyeti ne demek? Tuhaf şeyler merak ettiği de oluyordu. Yüzükparmağının neden tek başına hareket edemediği gibi, ıslak hacim ekipmanlarının ne demek olduğu gibi, bakkal pilavı nasıl yapılır gibi.

Cenaze akşamı herkes gittikten sonra Türkiye'de ortalama ömrün ne kadar olduğuna baktı. Kadınlarda 81.2 erkeklerde 75.6 yıldı. Fena sayılmazdı, bu memlekette kadınların tek tesellisi buydu, erkeklerin ölümünün ardından bir beş yıl daha yaşayabilmek.

Ailesinde bu ortalamalara ulaşabilen yoktu. Annesi 36, babası 50, kardeşi 37 yaşında ölmüşlerdi. Kendisinin ulaşıp ulaşmayacağını merak ederken duraksadı. Kesirli sayıları yazarken araya virgül mü konuyordu nokta mı? Ömür ortalamasına baktığı site nokta koyuyordu ama başka bir site virgül koymuştu. Aradı, net bir sonuç bulamadı, bazı ülkeler kesirli sayılarda nokta, rakamları gruplamakta virgül kullanıyordu, bazıları tersini. Türkiye'deki kuralın ne olduğunu bulamadı, her ikisi de kullanılıyordu.

Küçük bilgilere meraklıydı ama en çok dünyaya meraklıydı. Dünyayı deli gibi merak ediyordu. Yaşadığı şehrin sınırlarının dışına hiç çıkmamıştı. Çıkması için nedeni de fırsatı da olmamıştı. On yaşından beri gerçek dünya, evinden, mahallesinden ve çarşıdan ibaretti.

Şehirlerarası otobüse binmişti ama uzun yola gitmemişti, sabaha karşı bir mola yerinde inip çorba içmemişti, bunları televizyonda görmüştü. Trene binmişti, birkaç kez yakın ilçelere gitmişti ama bunlar sayılmazdı. Şehir içi seyahat kadar kısaydı çoğu. Uçağa hiç binmemişti, havada olmanın nasıl bir şey olduğunu çok merak ediyordu.

Annesi hastalanmadan önce deniz kenarındaki bir şehirde ailece yaptıkları kısa tatil sayılmazsa yeryüzünde başka bir şehir de görmemişti.

İnanılır gibi değildi, hele bu çağda.

İstanbul'u bile görmemişti. Ama görse hiç yabancılık çekmezdi. İstanbul hakkında sayısız video izlemişti. Dünyanın diğer ünlü şehirleri hakkında da. Venedik'te sanal gondolla gezmişti, canlı haritalar sayesinde New York sokaklarında dolaşmıştı, Barselona'ya gitse La Sagrada Familia'yı eliyle koymuş gibi bulurdu.

İlgisini çeken her şeyin listesini yapıyordu. Ünlü kuleler listesi. Saat markaları listesi. Değerli taşlar listesi. Okul çeşitleri listesi. Peynir çeşitleri listesi. Denizi olmayan ülkeler listesi. Trenle gezilecek rotalar listesi.

Pek çok ilginç şey öğreniyordu.

Güney Kore'de erkeklerin de makyaj yapması çok doğal bulunuyordu mesela.

Eskimolar kendilerine İnuit denmesini istiyorlardı.

İzlandalılar kuzu kellesi yemeyi çok seviyorlardı.

Papua Yeni Gine'de sekiz yüzden fazla yerel dil konuşuluyordu. Biraz şüpheli buldu bunu.

Japonya'da otomatlardan yumurta, tuvalet kâğıdı, pirinç gibi şeyler alınabiliyordu.

Kuzey ışıklarının en iyi izlenebildiği yer Finlandiya'nın Kuzey Kutup Dairesi içinde kalan Rovaniemi şehriydi ve İstanbul'dan uçuş dört saat kırk dakika sürüyordu.

Tayland'ın eski adı Siyam, Myanmar'ın Burma, Kongo'nun Zaire, Etiyopya'nın Habeşistan'dı. Bir zamanlar Yunanistan'a Hellas, İran'a Persiya, Irak'a Mezopotamya, Sri Lanka'ya da Seylan deniyordu.

Panama Kanalı Büyük Okyanus'u Atlas Okyanusu'na, Süveyş Kanalı Akdeniz'i Kızıldeniz'e, Don-idil Kanalı Hazar Denizi'ni Karadeniz'e, Korint Kanalı Ege Denizi'ni Adriyatik Denizi'ne bağlıyordu.

Ne güzel denizlerdi bunlar.

Dünya ne büyüktü.

Hindistan'ın en büyük şehri Mumbai'ydı. Eski adı Bombay'dı. Portekizlilerin verdiği, iyi körfez anlamına gelen bom-baia sözcüklerinden türemişti. Bombey diye okunması gerekiyordu aslında ama Bombay diye öğrenmişlerdi. Hintliler 90'lı yıllarda Bombay'ın adını değiştirmişler, Hint tanrıçası Mumba'nın adından esinlenerek Mumbai yapmışlardı. İnternette bu değişikliğin nedenini bulamadı, en ünlü şehirlerinin adının Portekizce olmasını istememiş olabilirlerdi.

Dünyanın sonu, yaprağa benzeyen Güney Amerika kıtasında zarif bir kıvrım olan Arjantin'in güney ucundaki Ushuaia adında bir şehirdi.

USHUAIA.

Nasıl okunduğuna baktı. Uşuaya.

Ushuaia'da isteyenlerin pasaportlarına dünyanın sonu diye damga vuruluyordu. Damgada gaga gagaya duran iki penguen çizimi vardı, biri uzun biri kısa, dişi penguen, erkek penguen belki.

Ushuaia'dan sonrası buzullardı, buzulları görmek istiyordu.

Peynir

Peynir almak için zengin mahallesine gitti. Kendi mahallesindeki markette fazla çeşit yoktu, beyazpeynir, tulum, kaşar, örgü mörgü.. her markette olan peynirler.

İnternete bakıp upuzun bir liste yapmıştı.

Aranacak peynirler listesi.

İmansız peyniri, işkembe peyniri, basma peynir, tahta peyniri, torba peyniri, testi peyniri, kolat, kurut, çayır, kesmük, küp, nor, bohça, deleme, dolaz, kaşkaval, gandirif, kopanisti, armola, kırktokmak, sıkmaparmak, kirlihanım, sürk, keş, kargı tulum, telli peynir, tuzlu Mihaliç, Ezine beyaz, Manyas kelle, Afyon Dinar, Kıbrıs hellim, Divle obruk, Van otlu, Varto keçi, Erzurum civil, Tire çamur, Yozgat çanak, Kayseri çömlek, Malkara eski kaşar, Adıyaman Sincik, Erzincan şavak, Antep sıkma, Antakya Carra, Vakfıkebir külek, Sakarya Abhaz, Maraş parmak, Ardahan kılçıklı gorcola, Ayvalık sepet loru.

Daha bir sürü peynir çeşidi vardı, bütün sayfaları gezememişti, çoğu birbirinden kopyaladığı için sıkılmıştı. Hırsız doluydu internet.

Bu peynirlerin hiçbirini bulmayacağını biliyordu, yine de soracaktı.

Fransız peynirlerinin de tadına bakmak istiyordu. Hiç yememişti. Babası ona hiç Fransız peyniri al dememişti, belki de Fransızların meşhur peynirleri olduğunu bilmiyordu. Bilse yemek isterdi. Babası yeni yiyecekler denemeyi severdi, kardeşi gibi değildi. Kardeşi bilmediği bir şeyi ağzına koymazdı.

Fransız peynirlerinden chevre, brie, camembert, crottin de chavignol, abbaye de belloc, raclette, fourme d'Ambert, epoisses, bleu d'Auvergne, Saint-Nectaire yazmıştı listeye. Okunuşlarına internetten bakmıştı ama hiçbirini aklında tutamadı. Çok zordu, listeyi bile kopyala yapıştırla yapmıştı. Bir sitede de İtalyan peynirlerinin bizim damağımıza daha yakın olduğunu okumuştu. Onları da yazdı. Rigotta, parmigiano reggiano, pecorino, provolone, fontina, taleggio, gorgonzola, mozzarella, mascarpone. Adlarını bulabildiği bu kadardı. İtalyan peynirlerinin adlarına bayılıyordu, maskarpone demek çok hoştu mesela ya da parmicano reççano demek.

Bu peynirlerin hangilerini bulursa onlardan alacaktı, azar azar, birer lokmacık, babasına aldığı gibi.

Yaşadığı şehrin en iyi şarküterisinin nerede olduğunu bilmediği için Google Maps'e bakmıştı. Aslında hiçbirinin yerini bilmiyordu, şarküteriye hiç gitmemişti.

Oturdukları mahallede şarküteri yoktu.

Mandıra vardı. Sıhhat Mandırası.

Sahibi akciğer, karaciğer, böbrek, dalak, kalp ne kadar organ varsa hepsinin hastalıklarını kendi ürettiği peynir ve yoğurtla nasıl tedavi ettiğini anlatmak için neredeyse yoldan adam çeviren, fazla bilgiç, fazla ukala bir adamdı. Her gün bir doktorla takışırdı, onların bir şey bilmediklerini iddia ederdi. Yerel gazetelere parayla kendi haberlerini yaptırıyordu. Dükkânının her tarafında kendi yoğurt ve peynirlerinde kullandığı probiyotiklerin yararları hakkında konuştuğu gazete kesikleri asılıydı.

Beyaz önlük giyiyordu, doktor olmak istemişti belli ki ama mandıracı olmuştu.

Bu dükkâna bir kere gitmişti. Adam boyuyla herkesten fazla ilgilendi, elini kolunu tutup teşhis koymaya kalktı, bir tür kan hastalığı olduğunu iddia edip farklı türden bir probiyotik mayayla yaptığı manda yoğurdunu kakalamaya çalıştı. Adamın elinden kurtulup kendini dışarı attı, bir daha da önünden bile geçmedi.

Adam bir şeyler biliyordu belki ama onun gibi insanlarda bilgi rahatsız edici bir şeye dönüşüyordu. Hoşlanmıyordu bundan.

Google Maps birçok şarküteri gösteriyordu, biri de Köyüm Şarküteri'ydi. Adı pek parlak sayılmazdı ama zengin mahallesindeydi, zengin mahallesindeyse çeşitleri de zengin olabilirdi, nalbur diye gittiği inşaat malzemeleri mağazasında olduğu gibi. Oraya gitmeye karar verdi.

Dükkân durağın tam karşısındaydı. Otobüsten iner inmez karşısına çıktı.

Çok büyüktü, kendi mahallesindeki marketin iki katıydı.

Kapı önünde doğal süsü verilmiş büyük çuvallar içinde, organik süsü verilmiş erişteler, yararları saymakla bitirilemeyen kinoalar, tamamen yerli tohumdan üretildiği iddia edilen bakliyatlar yığılıydı. Büyük büyük afişlerde en doğal ekmeği buranın sattığı yazıyordu, isteyene siyez, isteyene tam buğday, isteyene ekşi maya.

Dünyada doğal ekmek çılgınlığı yaşanıyordu ama zenginler arasında yaşanıyordu, yoksullar ekmeğin doğal olup olmadığına bakabilecek durumda değildiler, onlar doğaya bile aldırmaksızın yaşamaya çalışıyorlardı, hatta sadece hayatta kalmaya.

Şarküterinin upuzun tezgâhları baş döndürücüydü. Ama biraz dikkat edince bu upuzun tezgâhların aslında üç-beş çeşit ürünle dolu olduğunu fark etti. Çoklukla çeşit hissi yaratmışlardı. Her şey çok ama şu var mı? Yok. Bu var mı? Yok.

Listesindeki yerli yabancı onlarca peynirden Kıbrıs hellim, Ezine beyaz, camembert, rokfor, parmesan ve mozzarella dışında hiçbirini bulamadı. Ne imansız peyniri vardı ne kırktokmak. İsli Çerkes peyniri, İzmir tulumu, Antep peyniri falan vardı ama onları biliyordu zaten.

Yaşlı tezgâhtar babasının çok sevdiği göğermiş Erzurum peynirine kısaca küflü peynir diyordu, onu da canı çekmedi.

Biraz Kars gravyeri aldı, yüz gramı geçmeyecek kadar.

Yabancı peynirler ithaldi, paketliydi, onlardan birer lokma alınmıyordu.

Bir paket camembert, bir paket parmesan, bir paket de mozzarella aldı.

Mozzarella yerliydi aslında, ithal süsü verilmişti.

Pek bir şey bulamadı ama bu şehir için bu kadar çeşit çok bile diye düşündü.

Tezgâhtar amca herkesin yaptığını yapmamıştı, onu baştan aşağı süzmemişti. Bu yabancı peynirleri niye aldığını sordu. Daha önce hiç tadına baktın mı ki?

Kendime almıyorum, doktor bey istedi dedi.

Doktorun evinde mi çalışıyorsun?

Hayır, muayenehanesinde.

Evinde dese de olurdu aslında.

Amca ilgilenmişti. Ne doktoru? Adı ne?

Amcaya ne doktoru lazım acaba diye düşündü. Yorgun yüzlü, zayıf bir adamdı. Yüzü kırış kırıştı. Erken yıpranmış insanlardandı. Yetmişin üstünde olabilirdi, belki o kadar yaşlı değildi ama öyle görünüyordu. Gözpınarlarında yağ torbacıkları vardı, dudakları morumsuydu, elleri çok kırmızıydı, pul pul olmuştu.

Tezgâhtar amcaya onu ilgilendirecek bir doktor türü söylerse isim uydurması gerekecekti, bir adres yer yurt. Hatta amca doktorun telefonunu isteyebilirdi.

Uydurabilirdi aslında, hiç zor değildi, bir numara da uydururdu. Ama bu amcanın çaresiz bakan gözlerine üzülmüştü, yanıltmak istemedi.

Kadın doğumcu dedi, muayenehanesi belediye işhanında.

Amcanın yüzüne hayal kırıklığı çöktü, haa.. olmadı o zaman dedi.

Ne lazım amca sana?

Kalpçi. Senin doktor beye sorar mısın, bildiği iyi bir kalpçi var mı? Birkaçına gittim ama tedavi edemediler.

Olur sorarım. Neyin var?

Kapakçıkta kaçak var, kan geri kaçıyor. Nefes darlığı, çarpıntı yapıyor, uyuyamıyorum, çabuk yoruluyorum, ayakta duracak halim yok. Ama muayenesi çok pahalıysa gidemem.

Devlette bildiği tanıdığı kalpçi var mı diye sorarım.

Coşkulandı amca, devlette gidebileceği iyi bir doktor bulmuş gibi sevindi.

Yeni gelen sepet peynirinden, keçi sütüyle karışık beyazpeynirden tattırdı.

Sepetindeki camembert'le rokforu işaret etti, benim gözüm görmüyor ama sen son kullanma tarihlerine bir bak dedi.

Tarihi geçmiş olabilirdi, yabancı peynirler pek gitmiyordu çünkü. Altı aydır burada çalışıyordu, altı aydır aynı peynirler aynı yerde duruyordu.

Yaşlı adam eskiden kasap olduğunu, marketlerle baş

edemeyince dükkânını kapatmak zorunda kaldığını anlatıyordu, yeni hayatın çemberin dışına attığı pek çok esnafın hikâyesi gibiydi onun da hikâyesi, üzücüydü.

Müdür kılıklı, tıknaz bir adam geldi, otuz yaşında ancak vardı, ona hızlıca bir göz gezdirdi, boyundan ürktüğü belliydi. Sinirli hareketlerle amcaya döndü.

Ohoo.. çabuk biraz çabuk dedi aşağılayarak, muhabbet zamanı değil, bir sürü müşteri sırada bekliyor.

Bekleyen kimse yoktu oysa.

Amca müdür kılıklıya inat, bunun tarihi geçmiş diye tekrarladı camembert paketini göstererek, yüksek sesle, doktor beye söyleyin yenisi gelince gönderelim.

Nasıl? dedi müdür kılıklı, birden kulakları dikilmişti, doktor bey derken?

Sepetindeki paketli yabancı peynirleri gördü.

Siz taşımaya zahmet etmeyin dedi, doktor beye biz teslimat yaparız.

Adamın başının tepesini görebiliyordu, saçları tutam tutamdı, çok azdı, saç ektirmiş olabilir diye düşündü ama başarılı olmamış. Hep üzülecekti bu müdür kılıklı, hep hırslanacaktı, hep öfkeli olacaktı bu yüzden.

Tarihi geçmiş yabancı peynirleri bıraktı, zaten almayacaktı. Bir adres uydurdu müdür kılıklıya, bir de doktor adı, teslimatta doktor bey öder artık parasını.

Tudulist

Yapacağı işlere to do list demek hoşuna gidiyordu.
Kolaydı, kısaydı. Tek kelimeymiş gibi söylüyordu.
TUDULİST.
Du hecesi birazcık uzun.

İngilizce öğrenmeye başlamıştı. Tudulistindeki maddelerin ilkiydi. Okulda İngilizce dersi vardı ama nefret etmişti okurken, hiçbir şey öğrenmemişti. Yes/no. O kadar.

O zamanlar okulun da İngilizcenin de gerekli olduğuna inanmıyordu.

Okulun gerekliliğinden hâlâ emin değildi ama internet dünyasına dalınca ah birazcık İngilizce bilseydim demeye başlamıştı.

YouTube'da İngilizce öğreten birkaç video izledi. Bir şeyler anladı, sevindi, olacak gibiydi, cesaretlendi. Sonra Duolingo diye bir program indirdi, denedi, yararını görünce kurlarda hızla ilerlemeye başladı.

Kardeşi ölmemişti henüz.

Kardeşinin öleceği hiç aklına gelmediği için geleceğe ilişkin bir planı yoktu.

İngilizce öğrenmeyi sadece internette daha rahat gezinmek için istiyordu.

Kardeşinin ölümünden sonra her gün düzenli İngilizce çalışmaya başladı. Hele akşamları dört-beş saat aralıksız. Gündüz iş yaparken yabancı gezginlerin YouTube videolarını dinliyordu. Henüz hiçbir şey anlamıyordu ama anlayacaktı, bazı kelimeleri seçmeye başlamıştı bile.

Eşya

Bir başka tudulist maddesi de fazla eşyadan kurtulmaktı.

Hayat bu kadar çok nesne gerektirmiyordu aslında. Ama insanlar bir şey almadan duramıyorlardı. Yeni ürünler yağıyordu gökten, yeni icatlar, yeni modalar, yeni ihtiyaçlar.

Tüketim karşıtı bir blogda insan alışveriş yapan hayvandır diye bir cümle okumuştu. Öfkeli aynı zamanda esprili bir blogdu, insan sürekli bir şeyler satın alarak ekonomi denen lanet çarkın doğmasına neden olmuş hayvan oğlu hayvandır diyordu.

Doğada ekonomi diye bir şey yok.

Her rafı annesi hayattayken alınmış bir süs eşyasıyla, camlı vitrini hiç kullanmadıkları fincanlarla bardaklarla dolu ağır maun vitrinin önünde durmuş, bizim ev de tıklım tıklım dolu diye düşünüyordu. Nasıl gereksiz şeylerdi hepsi, nasıl fazlalıktı.

Nereden başlayacağını düşünürken artık bizim ev diye bir şey kalmadığını idrak etti.

Kardeşi öldüğüne göre bu ev onun eviydi artık.

Sadece onun.

İster yıkar ister yakar, ne isterse yapar.

Kendini çok tuhaf hissetti, gözünde garip, aşırı garip bir manzara canlandı.

Kardeşinin küçükken topaç çevirdiği an.

Topaç seyretmeyi çok severdi. Kardeşi de topaç çevirmekte çok başarılıydı. O zamanlar bile tombul olan elleriyle ipi dikkatle topaca sarıyordu, sert bir hareketle bırakıyordu.

Ve topaç özgür.

İstediği kadar dönüyordu.

İstediği yere gidiyordu.

İstediği yerde duruyordu.

İstediği zaman.

Bu görüntü içini coşkuyla doldurdu, ilk kez böyle bir şey hissediyordu. Özgürlük olduğunu o sırada bilmediği bu tuhaf, coşkulu duygu henüz damarlarına nüfuz etmemişti ama edeceğini anlamıştı, varlığını ele geçireceğini tahmin ediyordu.

Büyük temizliğe oturma odasındaki ağır vitrinle değil annesinin zamanından kalma gardıropla başladı.

Kapağı açınca içindekiler üstüne yıkıldı.

Kardeşinin giysileriyle doluydu gardırop.

Kardeşi anne babasının odasına geçince gardırop da onun olmuştu. Hepsi ortanın altı kalitede gömlekler, kot pantolonlar, kötü kokan naylonlu kazaklar, kalın kışlık montlar. Sadece kardeşinin eşyaları değildi dolabı dolduran, ailesinin hayatından kırk yıllık bir giysi sergisiydi.

Son giren ilk çıkar prensibi geldi aklına. Bir ekonomi sayfasında okumuştu. İnternette bazen öyle bir geziyordu ki, kendini aslında hiç ilgilenmeyeceği şeyleri okurken buluyordu. Ama hoşuna gidiyordu bu macera, güvenli ve eğlenceli macera.

Prensip stok konusuyla ilgiliydi. Dayanıklı mallar söz

konusuysa depoya son giren ilk çıkıyordu, mesela çimento. İlk paket deponun en dibinde kalıyordu. Kimsenin bu paket çoktandır depoda duruyor, önce şunu satalım demesine gerek yoktu, çimento çimentoydu, zamana karşı dayanıklıydı. Ama gıda, ilaç gibi son kullanma tarihi olan mallarda ilk giren ilk çıkıyordu. Prensip olarak.

Bir de son giren ilk çıkar kanunu vardı ama o iş kanunuyla ilgiliydi. Sıkıcıydı, üzücüydü daha doğrusu. Bir işletme eleman çıkaracaksa son gireni ilk çıkaracaksın diyordu kanun. İşe son giren sensen birileri daha girsin diye dua ediyordun, hadi n'olur, birileri daha işe alınsın da ilk onlar çıkarılsın bir şey olursa.

Bu kanunun adil olduğundan emin olamadı. Hayat adil değil klişesini hatırladı. Bazı klişeler çok işe yarıyordu, adaletsizliği hemencecik kabul ettiriyordu. Hayat adil değil gibi.

Gardıroba son girenler kardeşinin giysileri olmuştu, ilk onları çıkardı. Kardeşi de adil biri değildi, hiç olmamıştı. Babasının odasına geçmişti, karyolasına ve gardırobuna konmuştu, ablasına sormadan.

Babası da adil biri sayılmazdı. Çevresinde iyi biri olarak tanınırdı ama adil değildi, adil olmayan birine iyi denir miydi, ondan da emin olamadı. Düşündü, adil olmak için iyi olmaya gerek yoktu ama iyi olmak için adil olmak şart gibi geldi ona.

İç çamaşırları

Kardeşinin yıkanmaktan bozarmış atletlerini, desenleri solmuş baksırlarını çekmeceden çıkarıp saydı. Dokuz atlet, on beş baksır. Hastane duvarının dibine bıraktığı poşettekileri de sayarsa on atlet, on altı baksır. Kardeşi mahallede en çok iç çamaşırı olan erkek olabilirdi.

Baksıra paçalı don demek daha doğruydu ama kardeşi kızıyordu paçalı don deyince.

Don ne? diyordu. Köylü müyüm ben don giyeceğim?

Baksırla kendini daha şehirli hissediyordu demek. Şehirliydiler aslında, hiç köyde yaşamamışlardı, dedesi bile şehirliydi. Bahçesinde kümesi vardı, mendil kadar bir alana domates biber filan ekiyordu ama şehre göçmüştü sonuçta, şehirde büfe açmıştı, hem de altmışlı yıllarda. Sorun şehrin şehir olmamasıydı belki de.

Donları çabuk eskiyordu kardeşinin, alalı altı ay olmadan kıç tarafı inceliyor, delik açılıyordu. Daha sık don alıyordu bu yüzden. Neden diye sormuştu kardeşine bir keresinde.

Ne bileyim ben diye sinirlenmişti kardeşi.

Kıçını çok kaşıyor herhalde diye düşündü, ondan olabilir. Tuvaletle ilgili sorunu vardı zaten, bir girdi mi kırk beş dakika kalırdı. O kadar çok ve çeşitli yiyince tabii, normal.

Çamaşırları on beşte bir yıkadığı için ancak yetiyordu bu kadar don. Ter koktuğu için hemen her gün duş alırdı kardeşi, çamaşır değiştirirdi, yazın bazen günde iki kere.

Kendisinin dokuz külotu, beş fanilası ve iki sutyeni vardı, biri beyaz biri ten rengi. Külotları beyaz penyeydi, en küçük beden. Sutyenleri de süssüzdü, elde yıkıyordu sutyenlerini.

Demir doğramacının karısının külotları dantelli, süslü, sutyenleriyle takımdı, renkliydiler, siyah kırmızı mor somon gümüş. Sözde diğer çamaşırların arasına saklayarak asıyordu kadın ama tam da saklamıyordu, saklar gibi yapıyordu. Komşuları en seksi çamaşırları onun giydiğini bilsinler istiyordu.

Yatak odasının penceresinden kırmızı ışık sızıyordu geceleri ama kocasından en çok dayak yiyen de oydu.

Övünecek pek bir şeyi yoktu kadının.

Giriş katta oturuyordu, evi çok basıktı, rutubetliydi. Kocası dükkânını zor ayakta tutuyordu, eskisi gibi demir doğrama işi çıkmıyordu. İki oğlu vardı, ikisi de lise çağında bile değildiler ama daha şimdiden baş belası olmuşlardı, sürekli kavgaya giriyorlardı, kaç kere hırsızlık yaparken yakalandılar. Demir doğramacı delice dövüyordu çocuklarını. Üzülüyordu çocuklar için, yüzlerindeki nefreti görüyordu. Birkaç yıla kalmadan onlar babalarını döveceklerdi.

Seksi ama ucuzdu çamaşırları kadının, pespayeydi, haşır haşır naylon olduğunu uzaktan bile anlıyordu. Kalitenin ne olduğunu biliyordu, bir keresinde çarşıdaki büyük mağazada ipekli bir sutyene dokunmuştu, o zaman anlamıştı nasıl bir şey olduğunu.

Koluna sürmüştü ipeği, kolu okşanmış gibi olmuştu, harika bir histi.

Ten çok garip bir şeydi.

Zenginlik de öyle.

Kocalar

Mahallede birkaç kadın arasında kıran kırana bir cinsel rekabet vardı. Her biri kocalarıyla cinsel hayatlarının daha yoğun olduğunu kanıtlama derdindeydi. Demir doğramacının karısı onlardan biriydi. Bu kadınlar cinsel hayatlarını konuşmaktan çok hoşlanıyorlardı. Hikâyeler anlatıyorlardı, yatak hayatlarının bütün ayrıntılarını sayıp döküyorlardı.

Sevişmekten zevk almalarının şart olduğunu söylüyorlar, benimkininki kalkmasa bir saniye düşünmem, boşarım gider diyorlardı.

Diğerlerinden bazılarının yüzünde incecik bir alaya eşlik eden, atıyor bakışı oluyordu onlar böyle konuşurken, sanki sözü edilen kocanın çapını biliyormuş gibiydiler.

Belki de biliyorlardı.

Orta yaşa gelmişlerin çoğu cinsel ilişkiden bıkmıştı.

Ayı diyorlardı kocalarına.

Hayvan gibi üstüme devrilsin sade diyorlardı.

Siki elinde peşimde gezmekten usanmadı, geberse de kurtulsam diyorlardı.

Hem diyorlar hem gülüyorlardı.

Bir keresinde kadınlardan biri, marul yedir demişti şikâyetçilerden birine, bizim orada marula kardeş otu derler, yedir bir çanak marul, bak nasıl horul horul uyuyor.

Anam çorbasına şap bile attım, gene çıktı üstüme, aha bu kadar malafatıyla demişti kadın. Gülüyordu, kocasının aha bu kadar malafatıyla gururlanıyordu. Ya da gururlanmak istiyordu, diğerlerini kıskandıracak bir şeyi olması hoşuna gidiyordu.

Cinsel hayatlarından konuşmak bazılarına çok ayıp geliyordu, kıpkırmızı oluyorlardı. Diğerleri gülüyorlar, utananları dürtüklüyorlar, daha da utandırıcı sorular soruyorlardı.

Birbirlerine, başka karıya gittiğini bilsen ne yaparsın? diye soruyorlardı.

Karıya para harcamasın da ne bok yerse yesin diyordu bıkmışlar.

Çükünü keserim, veririm eline diyordu cinselliği sevenler.

Kocalarının arkadan istemelerini, aşırı isteklerini anlatıyorlar, benimki oraya inmeyi çok seviyor ya da hiç sevmiyor diyorlardı. Oraya indirmek için birbirlerine akıl veriyorlardı.

Geceleri cinsel hayat kadar dayakla da geçiyordu hepsinin. Dövüldüklerini saklamıyorlardı, birbirlerine morluklarını gösteriyorlardı, birbirlerinin kocalarına ağız dolusu ileniyorlardı.

Aslında nefret ediyorlardı kocalarından da cinsellikten de hayatlarından da.

Ama bu yarım, şiddet dolu cinsel hayat olmadan, kocaları olmadan yapamıyorlardı.

Kahkahalar havada kırılıyordu sonra, iktidarsız erkek hikâyelerine geçiyorlardı, kocalarınınkinin bazen nasıl kalkmadığını anlatıyorlardı.

Cinsellik hakkında konuşmaya doyamıyorlardı.

Ona da soruyorlardı bazen.

Sen ne yapıyorsun? diyorlardı.
Kocasızlık başına vurmadı mı hâlâ?
Elinle yapıyor musun?
Yap kız yap, sen de insansın, yapmadan olur mu?
Kahkahalarla gülüyorlar, sonra birbirlerine şişt pişt ediyorlardı.

Bu sorulara yakalanmamak için odadan kaçıyordu, komşunun bir işine koşuyordu hemen, halı silkeliyordu ya da bekleyen bulaşıklara girişiyordu ama yine de kulak veriyordu, kendini dinlemekten alıkoyamıyor, dinlediği için kendine kızıyordu.

Baksır

Memeleri sutyensiz gezmemesini gerektirecek kadar büyük değildi, takmasa da olurdu aslında ama takmayınca çıplak hissediyordu kendini.

Annesi öyle öğretmişti.

Annesi kızının genç kız olduğunu göremeyeceğini anlayınca kadınlık hakkında bir şeyler anlatmıştı ona.

Alelacele, yarın ölecekmiş gibi.

Ölürse kızına kadın olmanın ne demek olduğunu öğretecek kimseleri olmadığı için.

Nispeten iyi olduğu bir gün elinden tutup çarşıya götürmüş, henüz takamayacak olsa da ilk sutyenini almıştı, pedi nasıl kullanacağını göstermişti.

Daha on yaşındaydı.

Kendi çamaşırlarını kendi almaya başladığında ise on iki yaşındaydı. Annesinin aldıkları lime lime olmuştu.

Evi çoktandır o çekip çeviriyordu, evi çekip çevirsin diye babası her sabah para bırakıyordu, her akşam babasına kuruş kuruş hesap veriyordu.

Babasına iç çamaşırı almam lazım diyememişti. Annesine de söyleyememişti, çok hastaydı annesi, babası oksijen tüpünü iki günde bir değiştiriyordu artık.

Ama annesi bir sıkıntısı olduğunu anlamıştı, sormuştu, o da söylemeye mecbur kalmıştı.

Annesi babasını yanına çağırmıştı.

Babası biraz daha para verdi, bununla da kendi ihtiyaçlarını gör, e mi kızım? dedi.

O gün hemen manifaturacıya gitti ama çamaşır alamadı, manifaturacı erkekti.

Pazara gittiğinde kadın satıcı aradı, buldu. Çekinerek elini sürdü çamaşırlara.

Kadın, kız senin boyun ne uzun öyle? Ama çok çirozsun be yavrum dedi, anan seni iyi yedirmiyor mu?

Annem hasta dedi.

Gözlerinde nasıl bir acı varsa, derin bir üzüntü çöktü kadının yüzüne.

Uzun süre o kadından aldı çamaşırları.

Hem kendininkileri hem kardeşininkileri hem babasınınkileri.

Bir gün o kadın gelmez oldu, yerine başka bir kadın geldi. Sessiz suratsız bir kadındı. Hiç konuşmuyordu, malını satmak için dil dökmek zahmetine girmiyordu. Ne istediğini anlıyor, çıkarıp veriyor, ne kadar sorusuna fiyatın yazılı olduğu kartonu gösteriyordu. Her defasında kısa kesin sözsüz bir alışveriş oluyordu aralarında. Seviyordu bu kadının sessizliğini.

Kardeşi eskiden slip don giyerdi.

Bir akşam elinde bir poşetle geldi, içinden iki tane baksır çıkardı.

Bundan sonra baksır al bana dedi.

Çok sinirliydi, gevşemiş sarkmış arkası incelmiş slip donlarını öfkeyle sobaya tıktı.

Kardeşinin neden bu kadar sinirli olduğunu anlayamadı.

Ertesi hafta sessiz pazarcı kadın slip donlar yerine baksırlara uzandığı görünce hep bundan alıyordun dedi.

Kardeşim artık bundan istedi.

Durup dururken mi?

Durup dururken.

Kerhanedeki karılar slip mi giyiyor, baksır mı aldırmaz, demek ki dışarıdan karı düşürmüş kardeşin dedi kadın. Karı da donuyla alay ettiyse ağırına gitmiştir.

Kardeşi mi dışarıdan karı düşürmüş?

Yok yok, işyerindeki arkadaşlarında görmüş dedi, haftada bir halı sahaya maça gidiyorlar. Bundan giy, daha rahat edersin demişler.

Kadındır kadın diye ısrar etti çamaşırcı, erkekler alay etse güler geçerdi, sinirli olmazdı.

Şaşırdı, sinirli olduğunu nereden biliyorsun?

Neler gördüm der gibi elini salladı kadın.

Kardeşimle bir yatan oluyormuş demek ki diye düşündü.

Kardeşiyle demir doğramacı birbirlerine porno linkleri atıyorlardı, küfürlü yazışıyorlar, çıplak kadın fotoğrafları gönderiyorlardı. Kardeşinin cinsel hayatının bunlarla sınırlı olduğunu sanmıştı ama değildi, kardeşi dışarıdan karı düşüremezse kerhaneye gidiyor olmalıydı, kadınlarla parasıyla yatıyordu muhakkak.

Gece hayatı

Kardeşinin iyi kötü bir cinsel hayatı vardı.

Kendisinin yoktu.

Bir hayatı var bile sayılmazdı aslında ama cinsel hayatı hiç yoktu.

Bir erkekle birlikte yoktu daha doğrusu.

Yalnız, eksik, kuşkulu, rahatsız edici bir cinsel hayatı vardı.

Sık sık cinsel rüyalar görüyordu. Kimliği belirsiz ağır bir bedenin altında ezildiğini, gür saçlı büyük bir başı ellerinin arasında tuttuğunu, o başın zayıf memelerinde, içeri çökük karnında, kuru kemik bacaklarının arasında gezindiğini görüyor, sıktığı başı kendinden uzaklaştırmaya çalıştığını ama bedeninin istediğini hissediyordu. Bedeni ellerinin altında sarsılıyordu.

Nefret ediyordu bedeninden.

İyi gelmiyordu ona bu cinsel rüyalar.

Bedeninin sarsılmasıyla sonuçlanan her rüyadan sonra tuvalete koşuyordu, kusmak istiyordu, kusamıyordu, parmağını gırtlağına sokuyordu, öğürürken başına ağrılar giriyordu.

Kusmayı bazen başarıyor, bazen başaramıyordu.

Kusmayı başarabilirse uyumayı da başarabiliyordu. Çoğunlukla başaramıyordu.

Tanrısıyla konuşuyordu sonra. Tanrısı onu yatıştırmak için yatağının başucunda bekliyor oluyordu. Yüzü olmayan, bedeni olmayan, sesi olmayan, olmayan sesi bazen annesininkine, bazen olmayan bir sevgilininkine benzeyen tanrısı.

O saçları çok gür başın kimin olduğunu soruyordu tanrısına, bazen siyah bazen kumral.

Babası olmasın, kardeşi olmasın, öğretmeni, annesinin doktoru, köfteci, nalbur, tezgâhtar, tanıdığı kişilerden biri olmasın. Lütfen!

Tanrısı internette gezinirken gördüğü gür saçlı güzel erkek başlarını, gezi videolarında onu diyar diyar gezdiren çekici adamları hatırlatıyordu ona, sakinleştiriyordu.

Tanrısı güzel adamları beğenmeye hakkı olduğunu söylüyordu.

İnternette güzel adamlara daha çok bakabileceğini.

Rüyalarını sevebileceğini.

Tanrısını dinlerken kuru kemik elleriyle kuru kemik bacaklarını sıkıyordu.

Sıcak gözyaşları yüzünü ısıtıyordu.

Tecavüz

Kapı çalındı. Canı sıkıldı. Yine komşulardan biriydi muhakkak, yine bir şey isteyeceklerdi. Hep bir şey eksik oluyordu evlerinde, hep çocuklarını gönderiyorlardı, hiç sevmediği, yüzsüzlüklerinden tiksindiği çocuklarını.

Kapıyı açtı. Demir doğramacı karşısında sırıtıyordu. Elinde hışır hışır yaldızlı kâğıda sarılmış küçük bir kutu vardı.

Kirli dişleri sigaradan sapsarıydı, pis kısa sakalı nikotinin rengini almıştı, kutuyu tutan şekilsiz parmakları da. Çökük yanaklarının üstünde parlayan siyah gözleri iki kuru üzüm tanesi gibiydi. Bir şeyler söylüyordu, yalnızlığın zorluğuna ilişkin, bir dosta ihtiyaç duymaya ilişkin, kardeşinin hatırasına, aşka sevgiye ilişkin.

Kendinden çok emindi.

Adamı duymuyordu, duyuyordu da işitemiyordu. Kulakları uğulduyordu, adamın küçücük siyah gözlerindeki anormal ışımaya ve sırıtırken diplerindeki yosuna benzeyen tabakayı bile görebildiği iğrenç dişlerine bakıyordu, konuşurken dudaklarının arasında iplik iplik uzayan salyasının mikrop dolu olduğunu düşünüyordu, adamın bu mikroplu salyayla dolu bedeninin de mikroplu olduğunu.

Kendisine kuru kız adını takan bu adamdı. Karısıyla birlikte.

Karısının seksi çamaşırları, ikiyüzlü yüzü geldi gözünün önüne. İyilikle gülümser gibi bakarken gözlerinde haset okunurdu, sadece ona karşı değil, herkese karşı güçlü bir haset. Çoğu öyleydi mahalledekilerin, haset içindeydiler ama bu kadın hepsinden daha çok öyleydi.

Bahçesindeki dut ağacı bile batıyordu kadına.

Dutun yazın çok sinek yapıyor, mecbur muyuz çekmeye? Kestir şunu demişti.

Kardeşi öldükten sonra.

Kardeşi ölmeden önce her yaz defalarca dut silkmeye doluşurlardı bahçesine.

Demir doğramacı pervasızca içeri girmişti, oturma odasına gelmişti, getirdiği kutuyu açmış, içindeki uyduruk kolyeyi çıkarmıştı, sanki pırlantaymış gibi gösteriyordu. Beğenmesini, etkilenmesini, sevinmesini bekliyordu. Sırıtmaya devam ediyordu.

Topla saçlarını da boynuna takayım diyordu.

Bu kolyeyi ona aldığını, ona daha neler neler alacağını söylüyordu.

Ben varım diyordu, korkma ya, kardeşin yok ama ben varım artık, ben varken kimse bir şey yapamaz sana.

Kolunu tuttu, elini kolundan koltukaltına götürdü, nasırlı parmaklarını kemiklerine bastırdı. Böylesine kuru kemiklerle yatmanın nasıl bir his olduğunu düşündüğünü adamın ışık çakan gözlerinden okuyordu.

Onu kolay av olarak gördüğünü de okuyordu.

Çok kolay av, aşırı kolay.

Ama değişik, safi kemik çünkü, güçsüz-zavallı-kimsesiz.

Sabırsızlandı. Kolyeyi fırlattı, sırıtmasına ara vermeden kemerini çözdü, fermuarını indirdi, organını dışarı çıkardı, parmaklarının arasında gururla salladı.

Sürekli konuşuyordu, en iğrenç kelimeleri seçiyordu, özellikle seçiyordu, kuru kemiklerinden bahsediyordu, altında kıvranırken kemiklerinin kırılacağını söylüyordu.

Öyle hoşuna gidecek ki kemiklerinin acısını hissetmeyeceksin diyordu.

Gene gel diye yalvaracaksın diyordu.

Gülüyordu, tükürükleri sıçrıyordu yüzüne, mikrop dolu tükürükleri. Adamın pis tükürüğünün değdiği her bir noktayı ateş gibi hissediyordu.

Birden belinden sarılıp elini eşofmanının içine soktu, bacaklarının arasını buldu.

Kaskatı kesildi. Zaten kemik olan bacakları taşlaştı. Demir doğramacı bu taşlaşmayı bekliyormuş gibi güldü, onu çekyata yıkmak istedi.

İtiştiler.

Kısa bir süre.

Demir doğramacının böğründe hissettiği acının nedenini anlaması biraz zaman aldı.

Hayretle ona, odaya, eşyalara baktı.

Masadaki Kars gravyerini, dilimlenmiş taze ekmeği, bir kâse çeri domatesi, iki sap yeşil soğanı gördü. Kendisine ne olduğunu o zaman anladı, küçük siyah kuru üzüme benzeyen iğrenç gözleri irileşti.

Orospu! Bıçakladın beni diye bağırdı.

Yaşadığı şeye inanamıyordu.

Bıçağı elinden alamayacağını anladı.

Bittin sen diyordu, şimdi polis çağıracağım, hapse gireceksin, sürüneceksin diye vızıldıyordu.

Bıçağı vızıldayan adamın üstüne sürdü, sıcak sulu kan gömleğine yayıldı, bıçağın izi çıktı.

Çağır dedi, sence polis akılca durgun kuru kızın seni bıçakladığına inanır mı?

Demir doğramacının yüzüne yıldırım düştü.

Akıllı telefon kullanabildiğini görünce kardeşinin yüzüne de yıldırım düşmüştü ama bu kadar şiddetli değildi, yıldırım bile denemezdi. Kardeşi, ablasının kendisinden daha akıllı olduğunu anlayınca çok korkmuştu sadece.

Ama demir doğramacı, kardeşinden bin kat daha fazla korkmuştu.

Hayalet görmüş kadar korkmuştu.

Aptal sandığı kızın aptal olmadığını anlamanın korkusu, ne kadar akıllı olduğunu tahmin edememenin korkusu. Aklın gizeminin yarattığı korku.

Şeytan olabilir bu geçkin kız, daha kim bilir neler yapabilir.

Böğrünü tuta tuta gitti.

Birkaç gün demir doğramacıdan bir ses çıkmasını bekledi. Çıkmadı.

Ertesi gün tinercilerin ona buna saldırdığı konuşuldu mahallede.

Birkaç gün sonra bahçeye çıktı, parmak uçlarında yükselip demir doğramacının avlusuna baktı. Adamın yüzündeki korkuyu tekrar görmek istiyordu.

Demir doğramacı bahçeye küçük bir masa çıkarmıştı, sallanan bacağına çivi çakıyordu. Göz göze geldiklerinde çekici eline vurdu, masayı falan bırakıp evine kaçtı. Çok güldü adamın arkasından. Hayatında hiç bu kadar güldüğünü hatırlamıyordu.

İçeri girdi, gülmesi geçmişti. İçini garip bir karamsarlık doldurmuştu. Kesekâğıdı rengi duvarlar üstüne geldi. Bu evi istemiyordu artık. Eskiden olan hiçbir şeyi istemiyordu.

Zamanda bir başlangıç

İnternette bir zamanlar aylara Öztürkçe adlar konduğunu okumuştu. Ocak, gücük, yelin, açaray, gülay, bozaran.. böyle gidiyordu adlar.

Ama tutmamıştı bu adlar. Kimse temmuza biçim, ağustosa derim, eylüle verim demek istememişti. Ama ekim tutmuştu, ocakla aralık da öyle.

Aylara Öztürkçe adlar aranırken çiftçilerin zamanı düşünülmüş olmalıydı, gelecek hiç gelmeyecekmiş gibi, robotlar çağı hiç yaşanmayacakmış gibi, topraklar ve sular zehirlenmeyecekmiş, zaten gaddar insanoğlu daha da gaddarlaşmayacakmış, dünyayı şehirler-metrolar-gökdelenler sarmayacakmış gibi zamanın toprağa bağlı olduğu, zamanı ancak doğanın belirleyebileceği sanılmış olmalıydı. Ama öyle olmamıştı.

Zamanı doğa değil hızlı koşan hayat belirliyordu.

Hayat bazen zamanı bile geçiyordu, öyle hızlı bir koşmak içindeydi dünya.

Dünyanın böylesine hızlı nereye koştuğunu kimse bilmiyordu.

Ama onun hayatı çok yavaştı ve çok yavaş geçmesi yaşayacağı yılların azaldığı gerçeğini değiştirmiyordu.

Gardırobun içindekileri yatağa yığmıştı. En alttakiler kardeşinin giysileri, ortadakiler babasının giysileri, en üsttekiler annesinin giysileri.

İlk giren son çıkar prensibi.

İlk ölen annesiydi.

Kendi giysileri kendi odasındaydı, zaten üç-beş parça bir şeydi, çadır bezinden yapılmış dingildek bir seyyar dolapta, fermuarı da bozuk üstelik.

Annesinin giysileri yepyeniydi, hiçbirini eskitecek kadar giyememişti.

Birini denedi, çok kısa ve çok bol geldi.

Annesinden çok daha uzundu, çok daha zayıftı.

Kuru kız.

Kardeşinin, annesinin ve babasının giysilerini büyük mavi çöp poşetlerine doldururken Makedonyalıyı hatırladı. Onun gibi bir adamla evlenmiş olsaydı hayatının nasıl olacağını düşündü. Komşularınınkinden farklı olmazdı herhalde, hep bir geçim sıkıntısı, hep bir hayhuy, kavga, akşamları dayak, ağlama. Çocuk doğurması gerekirdi. Çocuksuz aileyi aklı almazdı Makedonyalının. Bir cinsel hayatları olurdu. Sarışın adamın sarı tüylü, kalın parmakları gözünün önüne geldi, konuşurlarken yüzüne vuran soluğunu hissetti.

Arzu bedenini dolaştı.

Arzulu ama hayatsız bir hayat olurdu onunla. Arzunun yok olması çok sürmezdi çünkü.

Kardeşinin odası ağzına kadar çöp poşetleriyle dolmuştu. Yüzü doğum lekeli kadının gözünün rengindeydi poşetler, çok parlak bir maviydi.

Odayı dolduran onlarca poşete bakarken zamanda bir başlangıç yaşamakta olduğunu çok derinden hissetti.

Ürperdi.

Bu başlangıcın ne olduğunu henüz bilmiyordu.

Tam oluşmamış bir fikir gibiydi, ne olduğu anlaşılamayan bir şeyin gölgesi gibiydi, çok belirsizdi ama vücudunun bir yerinde büyümüş bir yumru kadar somuttu da.

Adını koyamadığı bu başlangıç hissinin onu terk etmeyeceğini düşünmemişti. Sonra anladı hâlâ aynı his içindeyken, soyut ve bir yumru gibi belirgin.

Başlangıç başlayana kadar.

Sat kurtul

Poşetleri atmak istiyordu aslında, içinden devasa bir konteyneri bu mavilerle tepeleme doldurmak geliyordu ama mutlaka bir gören olurdu. Poşetleri çıkarırlar, yırtarlar, içindekileri ortalığa saçarlardı. Yağmalarlardı, annesinin babasının kardeşinin giysileri olduğunu anlarlardı. Dedikodusunu yaparlardı. Sanki kendileri fakir değillermiş ve poşetleri delik deşik edip yağmalamamışlar gibi, bir fakire vereydi bari, yazık derlerdi.

Aklına belediyeyi aramak geldi. Belediyede kullanılmış giysi ve eşya toplayan bir birim var diye hatırlıyordu. İnternette belediyenin sitesine girdiği sırada zil çaldı.

Akşam olduğunu o zaman fark etti. Kardeşinin odasına öğlen girmiş, kimse ne yaptığını görmesin diye perdeleri çektiği için ışığı yakmıştı, oda karanlıktı. Öğleden beri giysi çıkarıyordu dolaptan. Hepsini poşetlere doldurması uzun sürmüştü. Giysilerin fazla olmasından çok, her birini eline alıp uzun uzun baktığından ve bakarken hayatsız hayatını düşündüğünden.

Kapıyı açtı, belediyeci adam ile yüzü doğum lekeli karısı kapıdaydılar.

İşe bak, tam da poşetlerin rengindeki gözler karşısında yine, mosmor bir lekenin tam ortasında nasıl da uğursuz bir çakırlık bu kez.

Kadının elinde bir tatlı paketi vardı, fiyonklu miyonklu, sırıtıyorlardı.

Onları oturma odasına buyur ettikten sonra poşetlerle dolu odanın kapısını kapattı, kilitledi, anahtarı da cebine koydu.

Teklifsizdi çünkü komşular, istedikleri kapıyı açıp içeri bakma huyları vardı.

Bu kapı niye kilitli diye sorabilirlerdi hatta, o kadar sınır tanımazdılar.

Geleceklerini tahmin ediyordu ama bu kadar erken beklemiyordu, kapısının daha çok çalınacağının da farkındaydı.

Aşırı nazik olacaktı gelenler, güler yüzlü, tatlı dilli, elleri dolu mutlaka.

Baklava mı tulumba mı?

Değil, o kadar da değil, gerek yok, akılca durgun bir kızcağız sonuçta.

İki tabakta beşer tane tulumba tatlısı, iki çatal ve iki kâğıt peçeteyle geldi. Belediyeciyle karısı yan yana çekyata oturmuşlardı. Sehpayı önlerine çekti, tabakları koydu. Kendi tabağını da aldı. Teşekkür etti tatlı için. Birini ağzına attı, aşırı şekerli iğrenç lokma ağzında büyüdü.

Çabuk gitsinler diye çay yapmamıştı, yaparsa ikinciyi içerlerdi, sonra üçüncüyü, gitmek bilmezlerdi. Kahve yapabilirdi, çabuk biterdi kahve, oturma misafirliğine değil uğrama misafirliğine uygundu. Ama bu karıkocayı kahve yapmaya değer bulmuyordu.

Kırık dökük cümlelerle kaç gündür çarşıya çıkamadığını, evde çayın da kahvenin de bitmiş olduğunu söyledi. Kekeliyordu, oynuyordu, kelimelerini arıyor gibi yapıyordu, rol yapıyordu, hoşlanıyordu bunlara rol yapmaktan. Çok daha düzgün konuşabilirdi. Hatta bu cümleleri İngilizce bile söyleyebilirdi. Kusura bakmayın yerine ne diyebileceğini düşündü. Sorry, there is no kafe mesela. Bunlar gidince Google Translate'te kusura bakmayın evde kahve yok'a bakmaya karar verdi.

Türkçedeki bazı deyimler İngilizcede yoktu. Kısa sürede bunu bilecek noktaya gelmiş olmanın verdiği bir gülümseme yayıldı yüzüne. Yüzü lekeli kadın bu gülümsemeyi misafirliklerinin verdiği sevinç sandı.

Ay olur mu? Biz sana zahmet vermek için gelmedik dedi.

Maksadımız sana yardım etmek dedi belediyeci koca.

Yardım? YAR-DIM. Peki. Yardım kelimesinin hangi kökten geldiğini merak etti. Bunlar gidince ona da bakacaktı.

Kim başlasın diye birbirlerine baktılar, sonra döküldüler. Evini bir an önce satmasını gerektiren pek çok neden sıraladılar.

İstimlak meselesi var dedi belediyeci koca, çok ciddi bir mesele.

Bu mahallede istimlak yapılacaktı, henüz kimse bilmiyordu ama o belediyede çalıştığı için biliyordu. Karışık bir konuydu, anlatsa da anlamazdı.

Niye anlamasın? Anlar dedi çakır karısı.

Herkes senin için akılca durgun diyor ama ben öyle düşünmüyorum demek istiyor gibi gülümsüyordu.

Devlet bu mahallede oturanlara üç kuruş para verecek, evlerini elinden alacak dedi belediyeci koca, istimlak bu demek. Evin yok pahasına elinden alınmadan sat kurtul.

Kadın, senin evinin imarı yokmuş ayrıca dedi.

Yokmuş evet, dedi belediyeci koca.

Karmakarışık cümlelerle imarın ne olduğunu anlattı. Arsa dedi, metrekare dedi, maksimum, minimum bir sürü şey söyledi. Özetle izin demek dedi. Babası zamanında bu izni almamıştı. Ona bir faydası olsun diye tapudan bakmıştı, evinin imarsız olduğunu görmüştü.

Yani?

Yeni evi kaçaktı, her an yıkıma gelebilirlerdi. Kendi çalıştığı için çok iyi biliyordu, belediyenin insafı yoktu, gözünün yaşına bakmazdı. Bir an önce satıp kurtulması en iyisiydi. Alan artık rüşvet müşvet.. bir şeyler yapardı. Çark öyle dönüyordu, rüşvetle, iltimasla, torpille, bunu herkes biliyordu.

Miras-veraset-intikal-satış işlerini belediyeci koca yapabilirdi.

Allah rızası için tabii ki, sırf ona yardımcı olmak "adına".

Noterden bir vekâlet vermesi yeterliydi.

Sessizdi, bir şey söylemiyordu. Karıkoca fena gerildiler, yüzü lekeli kadın dayanamadı, bir gerekçe daha eklemek istedi.

Belediyeciler arkadaki kömürlüğü görürlerse büyük ceza yazarlar dedi.

Koca karısının aptallığına kızarak baktı.

Bir dedikleri bir dediklerini tutmuyordu ama tutarlılık peşinde değildiler, onu ikna etmek, evini arsasıyla birlikte yok pahasına kapatmak istiyorlardı.

Korkutmadan, ürkütmeden, tatlı dille.

Gerçi kadın ince bir korkunun da gerekli olduğuna inanıyor olmalıydı. Mahalledekilerin kötülüğünden söz açtı. Başkasının ağzına bakarsa dolandırırlardı Allah muhafaza. İnsanlar çok kötü niyetliydi. Kimsesiz olduğunu da biliyorlar ya, evini elinden almak için her şeyi yaparlardı. Bir akıl vereni, elinden tutanı da yoktu. Çok dikkatli olması lazımdı. Ama onlara güvenebilirdi.

Evini satması gerektiğini anlayabilmiş kadar akıllı bakıyordu karıkocaya.

Ama satarsa sokakta kalacağını söyledi.

Ay olur mu? dedi kadın. Sattığınla daire alacağız sana, hem de sıfır.

Tabii dedi belediyeci koca, benim amcaoğlum inşaatçı, topraktan alırız çok ucuza gelir, içini de istediğin gibi yapar hem.

Karıkoca daha ağızlarını ilk açtıklarında gözünün önünde KETENPERE sözcüğü belirmişti, gitmiyordu koca koca harfler.

Kopuk kelimeler çıktı ağzından, olur dedi, tabii dedi, satarım dedi, bakarız dedi, biraz düşüneyim dedi.

Daha fazla üstüne gidip korkutmak istemediler.

Şimdilik.

Biz gene geliriz dediler.

Ama geldiğimizden sakın kimseye bahsetme dediler.

Kıskanırlar, taş koymaya kalkarlar dediler.

Bir gün belediyeye gel de sana kâğıt üstünde anlatayım dedi koca.

Seni inşaata götürelim de daireleri gezdirelim, bir gör yepyeni evleri dedi karısı.

Karıkocayı gönderdikten sonra ikisini evlerinde kavga ederlerken görür gibi oldu.

Niye salak salak konuşuyorsun, imarsız kaçak evin yanında kömürlüğün ne önemi var?

Böylesi anca cezadan anlar geri zekâlı. Belediye büyük ceza yazar deyince nasıl ödü koptu görmedin mi?

İstimlakmiş imarmış.. Allahına yan bakmış kız, ne anlasın bunlardan?

Kardeşinin koltuğuna oturdu, internette TDK'nın sayfasını açtı, arama çubuğuna ketenpere yazdı.

ketenpere
isim, argo
Dolandırıcılık.

Çok kısa buldu bu tanımı. Daha geniş bir açıklama bekliyordu. Google'daki Oxford Languages sözlüğünde tanımlar daha genişti.

ketenpere
ARGO
ad

1. düzen, dolap, hile, tuzak
2. dolandırıcılık

Oxford Languages'ın Türk Dil Kurumu'ndan daha açıklayıcı olması da tuhaftı. Oxford'lular Türkçeyi TDK' lılardan daha iyi biliyorlar gibi görünüyordu. Belki de TDK umursamıyordu kendi dilini. Sayfası da ikide bir error veriyordu zaten.

İnternette biraz gezindi, ketenperenin yakın anlamlılarını aradı. Oyun, kumpas, katakulli, sahtekârlık, komplo. Sayfalar onu yeni sayfalara gönderiyordu. Argoyla uğraşan birinin bloguna denk geldi, Hulki Aktunç diye bir yazarın *Argo Sözlüğü* diye bir kitabından alıntılar yapmıştı blogun sahibi. Malumatfuruş nick'li blogger, adamın sözlüğünü birebir internete taşımıştı neredeyse. Buna hakkı yoktu herhalde ama yapmıştı.

Alıntıları zevkle okudu. Derya gibiydi alıntılar. Kelimelerin her biri farklı türden bir hırsızlığa, sahtekârlık yöntemine karşılık geliyordu. Okurken coştu.

arakçı,
arpacı,
askıcı,
aşırasyoncu,
aşirementocu,
ayyarlı,
bağlayıcı,
boğuntucu,
bulgurcu,
camici,
cebellezici,
cepçi,
çakal,
çantacı,
çornacı,
çornör,
çörükçü,
çürükçü,
dalgıç,
defineci,
dızdızcı,
dızzo,
dişçi,
dolapçı
dolmuşçu,
durakçı,
duvarcı,
ellialtıcı,
façocu,
fare,
fırıldakçı,

gaftici,
gelberici,
götürücü,
hamhumşaralopçu,
kafesçi,
kaftici,
kaldırımcı,
karmanyolacı,
katakullici
katlamacı,
kayışçı,
kedici,
kelebekçi,
kementçi,
kepçe kuyruk,
keskici,
kılefteci,
koyucu,
kumpasçı,
manitacı,
mantarcı,
markacı,
matizci
minareci,
mukleci,
mumcu,
muslukçu,
otobüsçü,
ördek avcısı,
pantuflacı,
papelci,
perdeci,
pislikçi,
plajcı,

sacayağı,
sansar,
sarraf işçisi,
sıçan,
söğüşçü,
şıkşıkçı,
tatulacı,
tavcı,
tırnakçı,
tırtıkçı,
tokacı,
tokatçı,
tufacı,
tükürükçü,
üçkâğıtçı,
vagoncu,
yamyam
yüksükçü,
zarfçı.

Sahtekâr, dolandırıcı, hırsız için ne çok kelime bulmuştu Hulki Aktunç.

Burası hırsızların ülkesiydi demek ki. Hırsızlık için bu kadar çok kelime varsa konuştukları dil de hırsızların diliydi. Malumatfuruş nick'li blogger kendisinin de hırsız olduğunun farkında değil miydi?

Hulki Aktunç'un kim olduğunu merak etti, internette aradı. Vikipedi'de Türk şair ve yazar diyordu.

Şair.

Yazar.

Bir sürü kitap yazmış.

Argo Sözlüğü de yazmış.

Onlarca yazı vardı hakkında, bazılarına göz gezdirdi, yazarı öven ya da yeterince değeri bilinmediği için ülkenin kültür ortamına, okuryazarlarına teessüf eden, bazıları dümdüz giden yazılar.

Şairleri yazarları merak etmezdi, öyküye romana meraklı değildi, hayatında hiç şiir okumuş muydu hatırlamıyordu. Ders kitaplarında bir-iki vatan şiiri belki, o da mecburiyetten. Yediyordu Elif kağnısını kara geceden geceden. Gibi. Ya da bin atlı akınlarda çocuklar gibi şendik.

Failatün failünleri hiç sayma.

Hakkında yazılanları okudukça Hulki Aktunç daha da ilgisini çekti. İğneyle kuyu kazmıştı adam. Kelimeleri didik didik etmişti. Delilikti. Ne kadar güzel bir delilik. Kitap okumayı sevmiyordu ama bu yazarı seveceğini hissediyordu.

Kitaplarının adları da çok güzeldi, bazıları çoktan daha çok güzeldi.

Sır Kâtibi
Islıkla Tarihçe
İnsan Aşklarının Külüdür
Istıraplar Ansiklopedisi
Gidenler Dönmeyenler
Kurtarılmış Haziran
Güz Her şeyi Bilir
Bir Şeyin Varoluşu

İçine dokundu bu kitap adları, içinde adlandıramadığı bir şeyleri titreştirdi.

Ketenpereciler

Miras-veraset-intikal işlerinin nasıl yapılacağını yüzü lekeli kadınla kocasının gelmesinden çok daha önce internetten öğrenmişti.

Bütün işlemleri sessiz sedasız halletmişti.

Hemen, kardeşinin cenazesinden birkaç gün sonra.

Belediyeci kocayla yüzü lekeli karısının gelmesinden birkaç gün önce.

Tereyağından kıl çeker gibi, kolayca.

Babasının annesiyle evlenebilmek için aldığı biçimsiz arsa ve bu arsaya dişinden tırnağından artırarak yaptığı küçücük ev tümüyle onundu artık.

İmarı da vardı üstelik, belediyeci koca yalan söylemişti.

Hırsız müteahhidin bahçelerinden çaldığı toprak da onundu, dayısının üstüne oturduğu, dedesinden kalma evin yarısı da onundu.

Dava açabilirdi. Hem dayısına hem müteahhide.

Avukat kadın açabilirsin demişti. Ama müteahhit ölü olduğu için yıllarca sürerdi, ölmeden önce bir sürü dolap çevirmişti çünkü adam, mendil kadar toprak için uğraşmaya değmezdi. Ama dayısından kira talep edebilirdi, gerçi o da uzun sürerdi ama sonunda hakkını alırdı.

Avukat kadına güvenmişti.

Kendi sezgilerinden başka güvenebileceği hiçbir şey yoktu.

Kimsesizliği, yalnızlığı, tek başınalığı, bir tür hilkat garibesi oluşu komşularını tahrik ediyordu. Onu aldatmak, kandırmak, dolandırmak, elinde ne var ne yok hepsini almak için dayanılmaz bir istek duyuyorlardı.

Kendileri her ay kirayı denkleştirmek için okey masalarından, birahane masraflarından, hatta çoluk çocuklarının boğazlarından kısarlarken bu yaşı geçmiş kuru kızın bahçeli evde bedava oturması çok canlarını sıkıyordu, babasından da maaş alıyordu üstelik, onca parayı tek başına yiyordu, reva mıydı?

Hemen hepsi evini elinden alabilmek için yol arıyordu.

Yarış halindeydiler.

Her akşam komşulardan birinin kocası yanında müteahhit olduğunu iddia ettiği birileriyle uğruyordu. Bazıları onu ürkütmemek için karılarını da getiriyorlardı. Ellerinde mutlaka en ucuzundan bir tatlı oluyordu, tulumba genellikle, bazen iki dilim trileçe ya da bir yakınlarının geçen bayram getirdiği, onların da birine götürürüz diye açmadıkları bayat lokum kutusu.

Gelenlerin hepsi sana yardım etmek istiyoruz diyorlardı.

Hepsine neden diye sormak istiyordu, bana neden yardım etmek istiyorsunuz? Ama sormanın tehlikeli bir şey olduğunu bildiği için tutuyordu kendini. Cevabını bildiği soruları sormak da âdeti değildi zaten.

Hepsi konuşmalarına kardeşinin iyiliğinden, insanlığından, genç yaşta göçmesine çok üzüldüklerinden söz ederek başlıyorlardı.

Hepsi kardeşinin acısının içine çöreklendiğini sanıyor, bu acıya bir nebze derman olmak istediklerini söylüyorlar, böylelikle kalbini kazanacaklarını sanıyorlardı. Bir yığın laf kalabalığından sonra evine değerinin onda birini hatta daha azını teklif ediyorlardı. Hepsi evinin daha fazla etmeyeceğini, bu fırsatı kaçırmaması gerektiğini söylüyordu. Ama belediyeci koca kadar uyanık değildiler. Tekliflerini istimlak gibi, imar gibi zor kelimelerle dolu karmaşık cümleler içine gömmeyi beceremiyorlardı. Laf sokmada, kinayede, imada usta olsalar da dillerindeki kelime sayısı çok sınırlıydı, niyetlerini fazla belli etmek zorunda kalıyorlardı bu yüzden.

Kendisi de az değildi ama. Tanrısı öyle söylüyordu. Sen de az değilsin diyordu.

Boş bakarak, bir şeyler mırıldanarak, dün akşam filancanın evvelki akşam da falancanın geldiğini, filancanın şöyle falancanın böyle dediğini söylüyordu.

O zaman çok öfkeleniyorlardı. İlk yapmaları gereken şeyin falanca ve filancayı devre dışı bırakmak olduğunu anlıyorlardı. Bu nedenle falancanın ve filancanın kötü niyetli fırsatçılar olduklarını, şuna şöyle buna böyle kötülükler yaptıklarını, onlara asla güvenmemesi gerektiğini söylüyorlardı.

Sıkı sıkı tembih ediyorlardı.

Hepsi sakın benden başka kimseye güvenme, kandırırlar aldatırlar dolandırırlar diyordu.

Gülüyordu arkalarından, çok eğleniyordu. Aptaldılar, gerçekten çok aptaldılar.

Bir akşam demir doğramacının karısı geldi. Kısa süre önce bıçakladığı koca gelmeye cesaret edememiş olmalıydı ki kadının yanında kodum mu oturturum bakışları olan iriyarı esmer genç biri vardı. Dayıoğlum diye tanıtmıştı kadın.

Ya dayıoğlu olurdu ya amcaoğlu zaten. Bu arkadaşla kafa kafaya verdik, seni ketenpereye getirmeye geldik diyecek değillerdi ya.

Sana bir teklifte bulunmaya geldik diye başladı kadın.

Evinin viraneliğinden girdi, koca mahallede ondan başka soba yakan kalmadığından çıktı, sat bu evi dayıoğluma'ya bağladı.

Mis gibi villalar yapıyor dayıoğlum, sana ondan bir villa alalım.

Hiçbirini de aşağısı kurtarmıyordu. İlle de villa.

Onun akılca durgun, kendisinin de göz boyama sanatında çok başarılı olduğundan öyle emindi ki bir liraya satılacak evle yüz liralık villayı nasıl alacağını sormasını beklemiyordu.

Dayıoğlu sabırsızdı, çok da aptal görünüyordu ama evini elinden almalarını sağlayacak dolandırıcılık bilgisine sahip olmadıklarını anlayacak kadar da akıllıydı ki kalk diye dürtükledi kadını. Kadın itiraz etmeye kalktı.

Daha yeni geldik, konuşuyoruz.

İrikıyım ayı çekiştirdi kolundan, gittiler, getirdikleri tatlıyı da geri götürdüler. Küçücük bir paketti zaten, muhtemelen alüminyum kapta bir kâse sütlaç.

Bu kadın bu adamla yatıyor diye düşündü arkalarından, yattıklarını demir doğramacı da biliyor ama bilmezden geliyor. Hepsi böyle yapıyor, bir sürü şeyi bilmezden gelerek yaşıyorlar.

Bu sözde dayıoğlunun bir gün yolunu kesmeye kalkacağını tahmin ediyordu. Dolandırıcılıkla yapamayacakları şeyi onu korkutarak yapabileceklerini düşünmüşlerdi muhakkak. Gece dışarı çıkmadığı için akşam saatlerinde, mümkünse karanlık çökerken. Demir doğramacının karısının yüzünü ikide bir pencerede, onu gözlerken yakalıyordu.

Tahmininde yanılmadığını görmek için bir akşam karanlık bastıktan sonra evden çıktı. İri kıyım aptal ayı kahvenin önünde oturuyordu, birileriyle konuşuyordu. Telefonu çaldı, demir doğramacının karısı arıyor olmalıydı. Evden çıktı, tenhada kıstır.

Kısaca konuştu ayı, telefonu kapattığı anda göz göze geldiler. Kahvenin önünde dikilmişti, aptal ayıya bakıyordu aralıksız.

Adamın gözlerinin içine baktı, ta gözbebeğine, delercesine.

Uzunca bir süre öylece bakıştılar. Hiçbir şey söylemedi, yürüdü gitti.

Bir daha aptal ayıyı görmedi, tekinsizlik korkutucuydu çünkü.

Aptal ayı onu ketenpereye getirmek konusunda da gönülsüzdü galiba. Demir doğramacının karısıyla yatmak için onu korkutmayı kabul etmiş olabilirdi.

Kim?

Evini hiçbirine satmaya yanaşmayınca mahallede akılca durgun olmadığına ilişkin kuşkular belirdiğini hissetti. Ona karşı bir öfke dalgası kabarıyordu sanki. Komşuları yine sabah kahvesine çağırıyorlardı ama bu kez yüzüne başka türlü bir dikkatle bakıyorlardı. İçlerinden konuşuyorlardı. Hepsi birbirlerinin içlerinden geçenleri duyuyorlardı.

Sandığımız kadar aptal değil mi yoksa?
Yok canım.. akıllı olsa anlardık.
Bunca zaman aptala yatmış olamaz, hepimizi bunca zaman kandırmış olamaz.
Yoksa olabilir mi?
Olurolamazolurolamazolurolamaz.
Kafaları çok fena karışmıştı.

Karılar da kocalar da gözlerinin ta içine bakıyorlardı. Gözlerinin dibini görebilirlerse akıllı olup olmadığını anlayabileceklermiş gibi, gözlerinin dibinde aptal olup olmadığını onlara söyleyecek bir yazı varmış gibi dikkatle ve derin bakıyorlardı.

Bütün mahallenin aklından, birbirlerine sormadıkları, sorup da birbirlerini uyandırmak istemedikleri aynı soru geçiyordu.

Bir akıl vereni var mutlaka. Ama kim?
KİM?

Evini gözlem altına almışlardı, girene çıkana dikkat kesilmişlerdi. Kendilerinden birini kapısında mı gördüler, hemen bir diğeri damlıyordu, elinde bir tabak yemek, o gün ne pişirmişse artık, beş yaprak sarma, üç kaşık pilav. Birbirlerinden başka evine girip çıkan yoktu oysa.

Mahalledeki bu gerilim çok sürmeden evini sattı. Yine sessiz sedasız. Üstelik buradakilerin aklının ucundan bile geçmeyecek bir şekilde. İstanbul'dan bir emlak şirketiyle mailleşerek. Şirket birini gönderdi, adam sadece bahçeye şöyle bir baktı, evi tabii ki yıkacaklardı.

Yıkın dedi, umurumda değil.

Sonra birkaç yazışma daha.

Avukat kadına danıştı, birileriyle tapuda buluştu. Eline bir çek verdiler, götürüp bankaya yatırdı. Bu kadar. Evi değerinin epey altında gitti ama kabul edilebilir bir rakama.

Nasıl anladılarsa sattığını çabuk anladılar. Belki birinin aklına tapuya bakmak gelmişti, belki takma kirpikleri alnına değen bankacı kadın mahalleden birilerine evin parasını dolara çevirip bankaya yatırdığını söylemişti.

Sonuçta öğrendiler.

Mahallede birkaç gün bir şaşkınlık dalgası dolaştı.

Bankada yatan dolarlarının dedikodusunu tanrısı bile duyabiliyordu.

Bir akıl vereni varmış işte. Olmasa dolar almayı akıl edebilir miydi?

Mümkün değil.

Ardından onu evlendirme çabaları başladı.

En çok buna gülüyordu.

Yalnızlık Allah'a mahsus türünden basmakalıp cümleleri ve sahte iyi dilekleri cep telefonlarında gösterilen dul veya yaşlı koca adaylarının fotoğrafları takip ediyordu. Evi oluyordu çoğunun ya da emekli maaşı. Babasınınki kesilecek ama kocasınınki olacak. Gerçekçi olması gerektiğini ima ediyorlardı, kuru bir kız kurusuydu sonuçta, taze bir adamla evlenecek hali yoktu, dul bekâr bakmasın, iyi kötü bir yuva kursun. Eşsiz olur mu? Olmaz, kuşların bile eşi var bu âlemde.

Bazıları iyice kötü niyetliydi, belki aklı çelinir diye genç, yakışıklı adamların fotoğraflarını gösteriyorlardı, öve öve bitiremiyorlardı, amcaoğulları dayıoğulları teyze veya halaoğullarıydılar. Ama kötü niyetliler de iyice kötü niyetliler de evini elinden almak konusunda olduğu kadar umutlu görünmüyorlardı artık. Akılca durgun olmadığını gizlemekten vazgeçmiş bir yüzle, evlenmeyi düşünmüyorum diyordu çünkü. Aptal rolü yapmaktan sıkılmıştı.

Acelesi vardı ayrıca.

Çok öfkeleniyorlardı, kendilerini kaybediyorlardı öfkeden. Ağızlarına geleni söylüyorlardı. Çürü o zaman yalnız başına diyorlardı, bu deve gibi boyla bu çiroz gibi kurulukla seni alan çıkmaz zaten.

Akılca durgun olmadığını kabul etmek istemiyorlardı.

Hayır olamaz, bu kuru kız bunca zaman bizi aptal yerine koymuş olamaz, bir akıl vereni var. Var. İllaki. Olmalı!

Ona acımaktan vazgeçmişlerdi, nefret ediyorlardı şimdi.

Tanrısı dünyaları çok küçük bu insanlar için üzülüyordu. Zor bir hayat yaşadıkları için düşüncelerinin de küçük olduğunu söylüyordu. Bu konuda tanrısıyla anlaşamıyordu, kendisi de zor bir hayat yaşıyordu ama onlar gibi değildi.

Onların böyle olmak için bir sebepleri yoktu, sadece kötüydüler.

Kötüydüler. Nokta.

Gitmek

Evden dışarı adım atmadan, telefonunu şarjdan çıkarmadan, yemek yemeyi bile unutarak bir şey aramıştı internette. Ne olduğunu bilemediği, kendine bile açıklayamadığı bir şeydi. Görünce anlayacakmış gibi geliyordu ona.

Tanrısı da zamanda bir başlangıcı hatırlatıyordu ikide bir.

Unutmadım diyordu ama nasıl olacak o başlangıç, onu bilmiyorum.

Ara o zaman diyordu tanrısı, aramaktan vazgeçme, buluncaya kadar ara.

Bir gün bir gezgin YouTube videosunda *fin del mundo* dedi.

Dünyanın sonu.

Aradığı şeyin gitmek olduğunu anladı, bir yere gitmek.

Dünya yuvarlak evet, yuvarlağın sonu olmaz.

Ama dünyanın son benim diyen bir sonu var.

Dünyanın sonuna gidecekti, gidebilirdi.

Fin del mundo.

Söylenişi çok tatlı gelmişti kulağına. Bayılıyordu findelmundo demeye.

Mutfağa gidiyordu, findelmundofindelmundofindelmundo diyordu.

Bahçeye çıkıyordu, findelmundofindelmundofindelmundo diyordu.

Çarşıya gidiyordu, findelmundofindelmundofindelmundo diyordu, içinden.

Tanrısı coşkuyla destekliyordu, onu yüreklendiriyordu.

Git, yeter ki git.

Canlan, yaşa.

Bir gece, keşke biraz İspanyolca öğrenseydim dedi tanrısına.

YouTube'da izlediği, dünyanın sonuna gitmiş gezginler oradakilerin pek İngilizce konuşamadıklarını söylüyorlardı.

Kendisi de konuşuyor sayılmazdı gerçi ama kendine güveniyordu, kendini çat pat bir şeyler halledebilecek kadar biliyormuş gibi hissediyordu. En bilinen klişeyle söyleyecek olursa derdini anlatabilecek kadar. Ama ya derdini anlatamazsa İspanyolca bilmediği için?

Aplikasyon indir diye akıl verdi tanrısı.

Tabii ki dedi coşkuyla. Bunu niye akıl edemedim?

Çeviri aplikasyonlarından konuştular o gece tanrısıyla, yazılı sözlü her türlü çeviri vardı internette, indir birini, bir yandan öğrenirken bir yandan da konuş.

Gitmeye karar vermiş olmanın coşkusu damarlarında akıyordu adeta.

Ama kimseye belli etmiyordu.

"Gidenler Dönmeyenler"

Eskisi kadar olmasa da kapısı yine çalınıyordu. Elinde bir tabakla komşulardan biri. Köftecinin karısı gerçekten iyi niyetliydi. Canla başla çalışan bir kadındı, samimiyetle merak ediyordu onu. Bir tek ona kapıyı açıyordu.

Diğerlerine açmıyordu. Açmazsa bahçeye giriyorlardı, penceresini tıklatıyorlardı.

Camı aralıyordu, ne var der gibi bakıyordu.

Onu merak ettiklerini söylüyorlardı, ellerindeki tabakları uzatıyorlardı.

Sahtekârca gülümsüyorlardı.

Gelsene bize, niye gelmiyorsun? diyorlardı.

Getirdikleri yemeği bazen alıyordu bazen almıyordu. Alırsa çöpe döküp boş tabağı veriyordu. Kendini komşularına iyi davranmak zorunda hissetmiyordu artık.

Komşularının kendisi hakkında çok kötü konuştuklarını tahmin ediyordu.

Umursamıyordu, yakında gidiyordu, çok yakında, dünyanın sonuna.

Bir akşam, telefonuna hangi çeviri aplikasyonunu indirmesinin iyi olacağına karar vermeye çalışıyordu. Her birini tek tek indirip deniyor, beğenmezse siliyordu. Paralılar iyiydi ama parasız olanların en iyisini bulmak istiyordu.

Ne zaman döneceksin? diye sordu tanrısı.
Tanrı olan sensin, senin bilmen gerekmiyor mu?
Geleceği gören türden bir tanrı değilim ben, biliyorsun dedi tanrısı, senin kişisel tanrınım, zihninin tanrısıyım.
O zaman zihnimin içini bilmen gerekmiyor mu?
Zihninin içi çok karışık.
Gitmek zor değil dedi, kalmak imkânsız.
Ya dönüş?

Ne zaman geri döneceğini bilmiyordu. Geri dönmesi gerekiyor mu onu da bilmiyordu, gerekecekti herhalde. Dünyada bir düzen vardı, devletlerin kurduğu, insanların uymak zorunda olduğu, insanların iyiliğine olmayan, güçlülerin gücünü koruyan bir düzen. Bu düzene tek başına karşı çıkmayı düşünecek kadar hayalci değildi.

İkide bir pasaportuna bakıyordu, pasaportundaki fotoğrafa bakarken heyecandan soluğu kesiliyordu, içinde her gün daha da büyüyen bu coşkunun gideceği yere varmadan onu öldürmesinden korkuyordu. Varayım sonra öleyim diyordu.

Dünyanın sonuna vardıktan sonra dünyanın başına gitmeye karar verebilirdi.

Gidemezse yollarda ölebilirdi.

Bildiği tek şey son nefesini alacağı yerin burası olmayacağıydı.

Ölürken hatırlayacağı son hatıra bu eve, bu sokağa, bu mahalleye, bu şehre, bu ülkeye ait olmayacaktı.

Giderken okumak için internetten Hulki Aktunç'un *Gidenler Dönmeyenler* adlı kitabını aldı. Kargocu çocuk getirdi. Çalınan kapıyı araladı, paketini kimse görmeden aldı.

Kargo da bir merak konusuydu çünkü mahallede.

Kim aldı? Ne aldı? Kaça aldı? Niye aldı? Kime aldı?

Bavul

Bir de bavul alması gerektiği aklına geldi. Pek büyük olmayan, uzun bir yolculuğa dayanacak kadar sağlam bir bavula ihtiyacı vardı. Evlerinde tek bir bavul vardı.

Anne babasının,

Sonra babasının,

Sonra kardeşinin,

Hepsi öldükten sonra onun olan yatak odasındaki gardırobun tepesinde duran, çok eski, elinde dağılacak kadar eski, fazla küçük, üstelik çok çirkin bir bavul.

Niye alınmıştı bu bavul, kim almıştı bilmiyordu.

Babası kendi şehrinden bu bavulla gelmiş olabilirdi.

Bu bavulun burada olduğunu hep biliyordu ama indirip içine bakmak aklına gelmemişti.

İndirdi bavulu, salladı, içinde bir şeyler vardı. Ne olduğunu merak etti. Gardırobu baştan başa boşaltırken tepesindeki bu bavulu görmemiş olmasına şaşırdı.

Çok tozluydu bavul, elleri simsiyah olmuştu. Deterjanlı bir bez alıp geldi, köpük köpük sildi, gri nefti arası rengi ortaya çıktı.

Açmaya çalıştı ama kilitleri paslıydı, açılmıyordu.

Mutfaktan bıçak aldı. Bavulun suni derisine bıçakla bir kesik attı. Çok yumuşaktı suni deri, adiydi, ucuzdu belki ondan, iki eliyle tuttuğu gibi yırttı.

Açıldı bavul.

Dikkate değer bir şey yoktu içinde. İki el örgüsü atkı, bir el örgüsü siyah bere, siyah yünden bir çift erkek eldiveni, bir erkek paltosu, hışır hışır naylondan bir erkek montu, birkaç metre kışlık pantolon kumaşı. Hepsi babasına ait. Annesi babasının kışlıklarını kaldırmış olmalıydı bu bavulla. Sonra hastalığı artmıştı. Babası da bavula bakmayı akıl etmediği için paltosunu, atkıyla beresini aramıştı günlerce, bulamayınca pazardan yenisini almıştı.

Akşam karanlığında şehrin ta öbür ucundaki AVM'ye gitti, bir bavul alıp geldi.

İçine koyabileceği fazla şeyi yoktu, olanları koydu.

İç çamaşırlarının tümünü, iki kot pantolonunu, biri el örgüsü üç kazağını, biri kareli, biri çiçekli, bir düz pembe üç gömleğini, biri balıksırtı desenli iki elbisesini, tek eteğini, dört tişörtünü, pijamalarını, iki takım eşofmanını, üç külotlu çorabını, bütün kalın çoraplarını koydu.

Bir de yüz havlusuyla banyo havlusu koydu.

Tabanı açılmış terliklerini, iyice eskimiş tişörtlerini, çamaşır suyu lekeli eşofman altını evde bıraktı.

Pazardan aldığı kilim desenli yün patiklerini de koydu. Dünyanın sonunda henüz yazdı ama gittiğinde kışa giriliyor olacaktı.

Ziyan olmasını istemediği şeyleri de koydu, bir kalıp sabun, yarım şişe şampuan, diş macunu.

Havalimanında uçağı beklerken yiyeceği şeyleri ayrı bir poşete koydu.

Bir paket bisküvi, birkaç dilim Kars gravyeri, yarım kavanoz leblebi.

Bavulunu doldurdu, pasaportunu çantasına koydu, kabanını ve yarım çizmelerini giydi.

O sırada biri kapıya güm güm vurdu.

Dayı

Çok öfkeli gelmişti dayısı, burnundan soluyordu, kapıyı açtı ve göz göze geldiler.

Ama yeğeninin gözlerinde olan şey yüzünden birden sendeledi ihtiyar.

Bir süre öyle göz göze kaldılar. Bakışmak için uzun bir süre, otuz saniyeden fazla.

Elinde bir baston vardı dayısının, onu bastonla korkutabileceğini sanmış olmalıydı ama boyunun ne kadar uzun olduğunu, ona tepesinden baktığını unutmuştu.

Hayatsız kalmış bu kuru kızın gözlerinde bunca yıl sonra çelik gibi, ateş gibi, dağ zirvesi gibi alt etmesi çok zor bir şey olabileceğini de hesaba katmamıştı.

Şaşkınlığı geçince sahtekârca gülümseyerek içeriye doğru bir adım atacak oldu.

Gövdesini kapıya gerdi, dayısının içeri girmesini önledi.

İhtiyar şaşırdı ama pek üstünde durmadı. Tavır yapacak zaman olmadığını, bir amaçla geldiğini, sabırlı olması gerektiğini düşünüyor gibiydi.

Kardeşinin öldüğünü bana nasıl haber vermezsin? dedi yumuşacık.

Mağduriyet her zaman işe yarar diye düşünüyor olmalıydı, karşındakini suçla, utandır, kendini mağdur göster ki istediğin şeyi sana gönül rızasıyla versin, en azından fazla direnmesin. Direnmesin ki üstüne git, vermeye gönüllü değilse sen söke söke al.

Ama önce bir mağdur ol. İyice sonuna kadar dibine kadar mağdur ol, konuşturma, fırsat verme, mağdurluk yarışında bayrağı kimseyi kaptırma.

Bu yaşımda niye kapına getirdin beni be yavrum?

Dizlerimde derman yok artık, bastonsuz yürüyemez oldum.

Ben dayınız değil miyim?

Senin hayattaki tek akraban değil miyim?

İkiniz de elime doğmadınız mı?

Rahmetli kardeşimden yadigâr değil miydiniz bana?

Hadi beni unuttun, bir gariban dayım vardı demedin senelerdir,

Ama bunu da mı yapacaktın?

Kardeşini sabah duydum, –filancadan–

Sabah beri ağlamaktan gözümde yaş kalmadı.

Vefatını niye bana haber vermedin benim güzel kızım?

Yeğenimin mezarına bir kürek toprak atmayı niye çok gördün bana?

Yeğenimin cenazesinde bir Fatiha okumaya hakkım yok muydu?

Mağduriyet gösterisinde soru cümleleri çok işe yarar.

Nasıl yapmacıktı, nasıl da kandırırım nasıl olsa cümleleri, sevgiye inandırmak çok kolaymış gibi.

Çok zavallı görünüyordu dayısı. Başında tirfillenmiş bir yün takke, sırtında eski bir gocuk, kenarları parlamış, bol bir kumaş pantolon giymiş, ayakkabıları eskilikten çarpılmış. Kısa kırçıl sakalını özenle kesmişti ama.

Dedesinden kalan, yarısı onun hakkı olduğu halde dayısının üstüne oturduğu büfe pek iş yapmıyor olsa gerekti. Çocuklarının da bir baltaya sap olamadıkları kulağına gelmişti. Çirkef yenge ne yapıyor merak etti ama soracak değildi.

Ağlak ağlak konuşmaya devam eden dayısının sözünü kesti.

Mezarı anneminkinin yanında dedi, o kadar istiyorsan git mezarına oku Fatihanı. Senin Allah'ın kabul eder bence.

Dayısı şaşırdı, şaşırmaktan çok daha fazla şaşırdı.

Cümlenin anlamını henüz kavrayamamıştı, kavramışsa bile bu kuru bu aptal bu hayatsız kızın bu cümleyi söyleme cesaretine inanamıyordu.

Babamın ölümüne bile gelmedin, kardeşimi niye haber verecektim ki sana?

Dayısının gözleri bu kez hayretten açıldı.

Sanki bir çizgi film karakteriydi. Yüzündeki bütün o sahtekârca iyi niyetli mimikler bir anda uçup gitti. Çirkin kötü bir adamın yüzünü, dayısının hep bildiği, artık çok yaşlanmış olan yüzünü görüyordu şimdi.

Gözlerindeki ateş mi kaybolmuştu, dayısı gözlerindeki çelik pırıltısını yenebileceğini mi sanmıştı, ne olmuşsa bir şey olmuştu.

Bu kez o şaşırdı.

Dayısı belki de kaybettiğini anlayınca kendini kaybetmişti.

Benim kardeşimin evini nasıl satarsınnnnnnnnn dedi.

Nnnnnnnn harfini çınlatmak için çok çaba gösteriyordu, bastonunu ve ayaklarını güm güm yere vuruyordu, tepiniyordu, tükürükleri saçılıyordu konuşurken, boynundaki damarlar parmak gibi olmuştu. Yaşlanmış olduğuna hayıflanıyordu, yeğenini korkudan muma çevirecek bir şeyler arıyordu. Bulamıyordu.

Koluna yapıştı dayısı.

Yürü dedi bankaya, paranın hepsini çekeceksin, bana vereceksin.

Güldü.

Asıl sen bana oturduğun yılların kirasını vereceksin, yıllardır bedavaya oturduğun o evin yarısı benim dedi.

Dayısı olduğu yerde sallandı.

Senin ağzını yüzünü kırarım dedi.

Ama sesi içine kaçmıştı, zor konuşuyordu.

Dayısına doğru eğildi, epeyce eğilmesi gerekti, son gördüğünden beri dayısı çok ufalmıştı, kamburlaşmıştı.

Soluğunun dayısının yüzüne vurmasına özen göstererek, seni bıçaklarım dedi.

Şu arkada oturan demir doğramacıyı bıçakladım,

Ağzını bile açamadı,

Seni de bıçaklarım.

Dayısının kolunu tutan eli ölü gibi gevşedi, düştü.

İhtiyarı dışarı itti, kapıyı suratına kapattı.

Pasaportunu, parasını kontrol etti, her şeyi aldığından emin oldu, bavulunu çekerek evden çıktı.

Yine şaşırdı. Dayısı gitmemişti çünkü, taşlığın ucunda oturuyordu. Kendine acındırmak istiyordu belli ki. Dilenciye benziyordu. Böyleleri mutlaka dilencileşiyordu.

Nereye gidiyorsun kızım diye mırıldandı, son bir ümitle. Bütün dilenciler gibi arsız yapışık sümüksüydü.

Fin del Mundo'ya dedi, anlamazsın.

Bavulunu çekerek yanından geçti.
Hiçbir şey hissetmiyordu.
Ne bu adama karşı,
Ne bu şehre karşı,
Ne geçmişine karşı.

Fin del Mundo

Hayatında hiç uçağa binmemişti.
Hayatında hiç trene binmemişti.
Hayatında hiç otobüsle uzak bir yere gitmemişti.

Kendini Ortaçağ'da yaşıyor gibi hissediyordu, 21. yüzyılın ilk çeyreği neredeyse biterken matbaanın bile olmadığı, insanların asker gemici falan değillerse kısacık mesafeleri yürüyerek atlarla at arabalarıyla kat ettiği eski bir çağın içine düşmüş gibiydi.

At ve at arabası da yoktu üstelik.

Ama internet vardı ve internetin varlığı hayatında hiç uçağa, trene ve şehirlerarası otobüse binmemiş, dünya haritası üzerinde ayak bastığı alan Ortaçağ'da yaşamış zavallı bir hizmetçi kızınki kadar dar olan kendisini acayip bir zaman algısının içinde tutuyordu.

Dijital çağın içinde Ortaçağ.

Şehirlerarası otobüse bir kere bindiğini hatırladı. Annesi hastalanmadan önce deniz kıyısında yakın bir şehre tatile gittikleri zaman.

Giderlerken yolda kendisi babasının, kardeşi annesinin kucağındaydı. Kardeşi cam kenarına oturmanın tüm zevkini çıkarıyordu, gözünü dışarıdan ayırmıyordu, ablası dışarının ucunu bile görmesin diye cama yapışıyordu, manzaranın görüntüsünü bile paylaşmıyordu. Daha küçücüktü üstelik.

İçi gitmişti, o da cam kenarında oturup dışarı bakmak istemişti.

Dönüşte belki annem babam akıl eder diye bekledi, etmediler.

Ben de camdan bakmak istiyorum dedi yarım bir mırıltıyla.

Kardeşi duydu, yerini almak istediğini anladı, birden şımarıkça ve yeri göğü yıktırarak ağlamaya başladı.

Anne babası onun camdan bakmak istediğini duymamışlardı bile.

Ne istiyorsun oğlum dediler kardeşine, niye ağlıyorsun? Simit verdiler. Tepelerdeki çantalardan bulup buluşturup erik verdiler. Kardeşinin gözyaşıyla karışık sümüklerini elleriyle sildiler. Susturana kadar pışpışladılar.

Kardeşi eriğini eme eme yerken haince gülümseyerek ona bakıyordu, başını annesinin göğsüne dayamıştı.

İstanbul'a otobüsle gitti, trenle döndü.

Havalimanının nerede olduğunu öğrenmek için gitti. Bir yanlışlık yapıp uçağını kaçırmak istemiyordu.

O zamandan beri otobüsler çok değişmişti, modern klimalı konforlu otobüsler vardı artık.

Ama gözü uçaktaydı, şehirlerarası otobüsü, mola yerinde inmeyi falan boşver. Uçağa binmek istiyordu.

Uçağa binmek ve uçakta bloody mary içmek.

Ünlü bir havayolu firması, uçak yolcularının neden domates suyunu daha çok tercih ettiklerini araştıran bir deney yaptırdı. Deneklerden önce yerdeyken, sonra uçuşun birebir oluşturulduğu şartlarda domates suyu içmeleri ve puan vermeleri istendi. Denekler yerdeyken içtikleri domates suyunu toprak kokuyor şeklinde niteleyerek düşük puan verirlerken uçuş şartlarında meyveli ve hoş bir tat olarak nitelediler ve çok daha yüksek puanlar verdiler. Bu konuda yapılan diğer araştırmalar da dikkate alındığında irtifa ve gürültü yükseldikçe yolcuların şekerli tatları algılamasının zorlaştığı, tuzlu tatları algılama seviyesinin yükseldiği görülüyor. Bu da gerek tek başına domates suyunun gerek acı sos ve domates suyuyla yapılan virgin mary'nin ya da virgin mary'ye votka eklenerek yapılan bloody mary'nin uçaklarda neden daha çok tercih edildiğini açıklıyor. —

Aynı deneyi kendi yapacaktı. Dünyanın sonuna giderken, uçağa binmeden önce havalimanında bir bloody mary, sonra uçakta bir bloody mary içecekti. Bakalım tadı ona da farklı gelecek mi?

Hiç alkollü bir şey içmemiş değildi, birkaç kez kardeşinin eve getirdiği kutu biralardan içmişti. Evet, fena değil. Ama daha iyisi vardır mutlaka.

Votka mesela. Bloody mary'nin içindeki gibi.

02.02.2020

Acelesi vardı. Kırk yaşına dünyanın sonunda girmek istiyordu.

Hayatını bir de tersten yaşamak istiyordu.

Kuzey Yarımküre yerine Güney Yarımküre'de, kışın yaz yazın kış olduğu bir ülkede, içinin ağlamadığı, içinin güldüğü bir hayatı yaşamak.

Bir süre için bile olsa.

Mümkünse.

Değilse de sorun değildi. Kırk yaşına dünyanın sonunda girsin yeter, sonra ölse de olur.

Reenkarnasyona inanmıyordu, başka bir bedende tekrar doğmak, bunun sonsuz kere gerçekleşmesi ölümsüzlük demekti, bazıları ölümsüz olmayı istediği için reenkarnasyona inanıyor olsa gerekti.

O ölümsüz olmak istemiyordu, yaşadığının tersi bir hayatı yaşamak istiyordu sadece.

Yaşadığı hayat kadar yaşarsa harika olur.

İçinin ağladığı bir kırk yıldan sonra içinin güldüğü bir kırk yıl.

Bir tür palindrom.

Reenkarnasyona inanmadığı gibi rakamların uğuruna, reikiye, meditasyona, su terapisine, taşların şifalı gücüne, Merkür retrosuna, Satürn dönüşüne, bu tür şeylerin hiçbirine inanmıyordu. Hele fala büyüye hiç.

Buna karşılık kelebek etkisi, kaos teorisi gibi şeyleri ilginç buluyordu. Kuantum fiziğini değil anlamaya, bir cümle okumaya bile aklı yetmiyordu ama bu tür şeyler hakkında basitçe ve kendince düşünmeyi seviyordu.

Palindrom.

Ey edip adanada pide ye.

Tersten okunduğunda da aynı, palindrom deniyordu buna.

Ama yazarken palindrom değil. Adanada'da kesme işareti var çünkü.

Ushuaia'ya gitmek için aldığı Buenos Aires biletinin 02.02.2020 tarihli olması düşündürdü onu, rakamların uğuru hakkında değil, hayatın şaşırtıcı tesadüfleri hakkında. Telefonda görevliye iki şubat pazar demişti, İstanbul'dan Buenos Aires'e.

Sadece gidiş.

Rakamların uğuruna inanmasa da zamanda bir başlangıç için iyi bir tarih.

Dönmek için dönüşünü bekleyecek biri gerekliydi insana, bir canlı, bir kedi bile olabilirdi, bir kanarya ya da hoş geldin diyecek bir muhabbetkuşu.

Onun yoktu.

Hulki Aktunç'a selam olsun.

Gidenler dönmeyenler.

İstanbul, Kasım 2022